文春文庫

穴あきエフの初恋祭り

多和田葉子

文藝春秋

目次

穴あきエフの初恋祭り

胡蝶、カリフォルニアに舞う

Ｉは優子のマンションで目を覚ました。借りて寝た浴衣のお腹のあたりがぐっしょり濡れていた。夜中に喉が渇いて起き出し、スイッチの場所が分からないので電気もつけずに手探りで台所に行きつき、月明に照らし出されていたコップに水を汲んで飲んだつもりが、そのコップのようなものは底に穴が空いていたのだ。「あのコップ、穴が空いていたからほら」とコーヒーをいれている優子に濡れた浴衣を見せながら話すと、優子は、「これはコップではなくて、実験に使う容器」と冷たい声で言って妙な入れ物を流しの中から取り出して見せた。「昨夜《ゆうべ》は牛の頭になった夢を見たよ。君はどんな夢を見たの？」と機嫌をとるようにＩが言うと、優子はそっけなく「結婚詐欺の夢。どうしょういむ、ね」と答えた。Ｉはぐらかされた思いで、ぽかんとしていた。

ベッドが一つしかない優子の部屋に泊まったのは間違った選択だったかもしれないが、

そもそも優子に到着時間を教えたのがいけなかった。教えれば優子が空港に迎えに来てしまうことくらい予想できたはずなのに、「来週日曜日の朝九時三分着、パルム・エアーだ」などという呑気《のんき》なメールを送ってしまった。

実は誰も迎えに来てくれない日本に十年ぶりで帰国するのが不安だったのだ。日本行きのチケットをネットで予約してからよく見ると、到着地が成田ではなく羽田になっている。不安はそのへんから始まった。ネットで調べてみると、「成田空港は１９８０年代から頑張ってきた空港建設反対派の信念を受け継いだ果敢なる若い世代によってついに乗っ取られ、現在のところ閉鎖になっている」と書いてある。それがフェイク・ニュースだということは、迎えに来てくれた優子に指摘されるまで気がつかなかった。

とにかく昔とは何もかも全く変わってしまったかもしれない日本で今も気楽に連絡できる相手と言えば、ずっと音信を絶たずにいてくれた優子しかいない。自慢できないような事情でアメリカを去ることになったので、帰国することはとりあえず親には秘密にしてあったが、計画通り日本での就職がうまく行ったら親に電話して、「日本の会社から抜擢《ばってき》されたのでアメリカの大学は結局中退することになってしまった」と話そう。「紙の上だけの学歴よりも実際どんな仕事につけるのかということの方が大切だ」と説明すれば、現実的な母親も心配性の父親も納得するだろう。もともとI自身がどうしても留学したかったわけではない。姉も妹もすんなり大学に進学したのに一人だけ浪人を続けているIを心配して叔父が、学費は高いがIでも入れてくれそうなアメリカの大学のことを教えてくれた。それを聞くと父親は、もしIが留学したいなら学費は出す、と自分から言い出し、Iも冒険心から留学を決意した。

「アメリカの大学を中退」という言い方も実は学歴詐称になる。Iは途中で退場したわけではなく、大学の授業には一度も出たことがなかった。それでも最終的に日本で就職できれば、そして、その職場で出世すれば、誰も学歴のことなど問題にしないだろう。しかしまず高いのか低いのかさえ見当のつかないハードルを跳び越えなければならない。面接試験だ。日本に着いたら都内のビジネスホテルに泊まって、翌朝面接に向かうつもりだったが、優子に「せっかくだからうちに泊まってほしい」と勧められると断り切れず、寒い財布の中身はホテル代を払えばもっと寒くなるし、そのせいか、さっきから寒気がしていて、いつの間にか優子の後についていくことになり、切符まで買ってもらって、二人でまず、モノレール、山手線、そして中央線に乗ってどこまでも揺られていった。

考えてみるとIはもう十年も電車というものに乗っていないのだった。カリフォルニアでは何十両も連なる長い貨物列車しか目にしたことがなく、バスは通っていたがいつ来るのか誰も知らなかったし、タクシーは高かった。寮と学生街の間は徒歩で移動し、海に行きたい時、踊りたい時、飲みたい時はまず車を持っている人を探した。目的地に連れて行ってくれた人が帰りも乗せてくれるとは限らない。帰りの足を確実に確保する方法は一つしかなかった。

しばらく乗っていると中央線独特の揺れに内臓が元の位置にゆさぶり戻されるようで快かった。「昔のままで変わってないね」とIは言ってみた。中央線が変わってないという意味で言ったのに、優子は自分のことを言われたと思ったらしく、「そうかしら。だいぶ変わったねって、この間のクラス会で言われたけれど」と答えた。そう言われてみると、優子は高校三年生の頃は肌がふっくら、もっちりして、どちらかというと夢見がちな少女という印象があったが、今はがりがりに痩せて、頬や顎の骨が透けて見えそうだった。顔が縮んで小さくなってしまって、目ばかりが大きく見える。しかも瞳は熱のある病人のようにキラキラ光を反射していて不気味だった。

「日本には働きすぎて死ぬ人間がいるっていうのは本当か」とオクラホマ出身のベンという友達に一度訊かれたことを思い出した。ベンは大学の勉強はしていなかったし、身体を動かすのが嫌いでインスタントラーメンばかり食べていたが、携帯電話を使ってイギリスのインテリのラジオ放送をいつも聴いていて、トルコの新聞記者が逮捕されたとか、ケニアで若い人たちのデモがあったとか、周りの学生たちの知らないことをたくさん知っていた。過去十年日本で起きたことでIが知っていることは全てベンから聞いたと言ってもよかった。

優子は随分疲れているように見えたが、まさか過労死予備軍ではないだろう。短大を出てからずっと郵便局に勤めていて、他の職場は知らないはずだ。「郵便局でも過労死する人はいるの」と恐る恐る訊いてみると、優子は驚いた顔をして、「ハローシ?」と訊き返し、しばらく目をぱちぱちさせてから、「ああ、過労死ね。ブラック企業とかの話ね。」「郵便局はレッド企業か。」「どうして?」「だって郵便ポストは赤いじゃないか。」

Iはカリフォルニアではいつもそういう軽い冗談で女の子を笑わせていた。「女の子は自分を笑わせてくれる人が好きだという実験結果をカナダのある社会学者が発表した」という話をベンに聞いてからは、ますます舌の技を磨くようになった。ジョークにはたくさんのタブーがある。自分なりに見つけた法則としては、まずダイエットと大統領と禅の話は避けること。自分を笑い物にしたジョークも日本と違ってほとんど受けない。「あなたはそんなダメな人間ではないわよ」と真面目な顔で励まされてしまう。Iが得意とするのは、家電とスパイをネタにしたジョークだった。

Iは筆不精でメール一つ書くのも億劫《おっくう》な方だったが、たとえ返事が来なくても優子は過去十年、和紙の便箋に万年筆で手紙を書いて、それをこれまた和紙の封筒に入れて、月一度は送ってきた。優子は「あした手紙があなたの手元に届くはずです」というメールを時々くれた。しかもそれがぴったり当たった。アメリカの郵便制度は当てにならないとベンは言うが、専門家から見たらそれなりの法則があるのだろう。それでなければ優子が手紙の着く日を言い当てられるはずがない。天気予報も株の予測も当たらないご時世だから、もし優子に超能力があるのなら、有名になるとか、金持ちになるとかして、毎日決まった時間に出勤する生活などとっくにやめているはずではないか。

ベンに「また極秘の恋人からカタツムリ便の恋文か」とからかわれる度にIは「違う。ただのクラスメートだよ」とつまらなそうな顔で答えた。優子に好きだと言われた記憶は全くなかった。バレンタインデイにチョコレートをもらった記憶さえない。手紙の長さと頻度だけで恋しているのかいないのか断定できるのか。登録だけはしたコミュニケーション・スタディーズの授業にちゃんと出ていれば、答えが見つかったかもしれない。しかし一度も出ていないので一体それがどういう学問なのか見当さえつかない。

口語で言うところの「コミュニケーション」、特に女の子とのコミュニケーションは得意だった。大学の授業には出なくても、大学街のバーで時間をつぶしていれば、声をかけられることがある。うまく会話を軌道に乗せれば、女の子の頬はだんだん桜色に染まっていって、声は少しずつ音程が上がっていく。Iは英語のジョークで女の子を笑わせている自分に気づくと「どうしてその才能をちゃんと生かさないんだ」という日本語の声がどこかから聞こえてきた。そうだ、日本には英語ができるようになるなら家庭教師にどんなに高い授業料を払ってもいいと考えている人もいるくらいだ。Ｉは英会話など習ったこともなかったが、知らない女の子に声をかけ、ドリンクに誘って、勘だけで言葉を選びながら、雰囲気を盛り上げて行き、最終的にはその子と朝を迎えることがよくあった。カクテルだけで別れて翌朝再会しても、体液をたっぷり交換した後で同じベッドで目が覚めても、「ハーイ」と爽やかに挨拶できる。翌日ビーチで会う約束をし、デートを繰り返すこともあった。しかし男女の交際は多くても数回で終わってしまい、しかもその間に二人の間に何か特別な気持ちが芽生えたことはなかった。「さっぱりしていていい」と初めの頃は思ったが、だんだん物足りなくなってきて、「恋することさえできない臆病な卑怯者め」と自分で自分を追い詰めた結果、自称フロリダ出身のマディと三日も続けて会い、恋に落ちた、と思い込んだ。ベンによれば、恋している状態というのは医学的に測定できるそうで、脈拍がいつもより速まり、寝つきが悪くなり、下痢気味で食欲がなくなるそうだ。これらの症状から判断する限り、実際に恋をしたのかもしれない。思い切ってマディに「結婚しよう」と言ってみると、きっぱり断られた。理由を尋ねると、「あなたは私の結婚するタイプではない」とはっきり答えた。「君のタイプでなくても、僕は高価なアンティークのタイプライターだよ」とでも言い返して笑ってその場をカッコよく去ればよかったのだが、この時は言語能力が凍結し、無言で部屋に戻って、二つしか持っていなかったティーカップを床に投げつけて割った。それから数日間、夜眠れず、腕立て伏せをしてみたり、ボクシングの真似をしてみたりし、外を二時間以上ジョギングして、クタクタになって寝た。翌日になると気分は少し落ち着いていたが、馴染みのバーに行くとマディがカウンター席に座っていて、薄いブラウスに背骨の浮きあがった背中を見ていると、飛びかかりたくなったが怒りを抑えてわざとゆっくり近づいて隣の席に座り、スコッチを注文し黙っていた。マディはまだ一口くらいしか飲んでいない桃色のカクテルをそのままにして勘定を済ませて外に出た。Iはバーテンに「後で戻ってきて払うから」と言って店を出て、マディの後をつけていった。マディは足音を耳にして、一度振り返り、その時長い髪がシャンプーのコマーシャルの映像そっくりに翻《ひるがえ》って輝いた。マディが足を速めるとIも速め、五メートルくらいの間隔をおいて、ずっと後をつけた。港のような薄暗いところに入って行った。マディもさすがに気味が悪くなったのか小走りになった。Iも同じテンポで走った。三度ぐらいそんなつまらないいたずらをした。

するとある朝、ネクタイを締めた知らない男が訪ねて来てジョンソンと名乗った。その男はダウンタウンの法律事務所に勤めているそうで、これ以上ストーカーを続けるならIを訴える、と唐突に宣言した。有罪になったら強制送還になる、と思った。そして、前科が経歴にくっつく。心臓は早鐘を打っていたが、声は自分でも驚くほど落ち着いていて、「何かの誤解でしょう。僕の弁護士に相談してから、連絡します。名刺、ありますか」と答えた。相手は外国人学生などちょっと脅かしてやればおとなしくイタズラをやめるだろう、くらいに思っていたのか、Ｉが予想外にしっかり対応したので目を瞬いて退散した。「下手をすればそっちが名誉毀損《きそん》で訴えられるんだぞ、僕のオヤジは政界で顔が利く方で」と言いそうになってやめた。実際には知っている弁護士さえいなかった。

むしゃくしゃしたので外に出て大学街を縦横に歩きまわり、途中たまたま目に入った店のショーウィンドウに並べてあった刃渡り十五センチもあるナイフを購入した。猟銃、ピストル、日本刀などが店内に並んでいて、「まさか、これ全部、本物なんですか」と訊くと、釣り銭を渡しながら店員が冷たい声で「すべて合法ですよ」と言ってＩを睨《にら》んだ。

ナイフの使い道は自分でも見当がつかなかった。寮に帰って、机にナイフを何度も突き立ててみた。手の甲を上にして、指をできるだけ開いて机の上に乗せ、指と指の間にナイフの先をリズミカルに刺していった。どんどんスピードを上げていく。ボリュームをあげて普段は決して聴かないロックを聴いた。好きでない理由は簡単で、歌詞が人種差別的だったからだ。Ｉは政治には関心がなかったし、正義感もほとんどなかったが、自分たちを馬鹿にするような歌詞を喜んで聴くような自虐趣味はなかった。ところがこの時は、それさえほとんど気にならなかった。

いつの間にか夜もふけていた。息苦しくなって、外に出て、大型スーパーに行ってウィスキーの小瓶を買った。レジで年齢確認のために身分証明書を見せるように言われたのでますます腹がたち、「二十四歳だよ、すぐに大学入れなかったから」とわざと本当のことを大声で言った。「二十四歳？　冗談でしょう。」「じゃあ何歳に見えるんだよ。」「十五歳。」Ｉはパスポートをレジの女性の鼻先に突き出して見せ、「お前も十五歳だ」と言うと、相手は嬉しそうな顔をした。いつもの調子が戻って来た。

怒りは翌日の昼に目が覚めた時には消えたような感触があったが、卵を八個使った思いっきり大きなオムレツでも食べようと外に出ると、ハイヒールをはいた女性が目の前を歩いていて、そのカツカツという足音が神経に障る。できればその女性の肩を後ろからつかんで地面にカッと倒してしまいたい。もちろんそんなことを考えているのはこれまでの自分ではなく、勝手に押しかけてきて住み着いてしまった暴力的な他人なのだが、そいつのせいでだんだん元の自分が隅っこに追いやられて行くような嫌な予感がした。

Ｉはアメリカに来る前は不良と呼ばれたことなどなく、子供の頃に殴り合いの喧嘩をした記憶さえない。それがあっという間にストーカーにまで堕落し、次には暴力を振るいそうなのだ。これ以上落ちることはできない。ここが折り返し地点なのかもしれない。日本に帰れば、アメリカでのマイナス点もリセットされる。

Iは睡眠も食事も忘れてインターネットの海を航海し、日本に帰るいい方法はないか探した。日本語のニュースはどんな鍵言葉を入力しても、痴漢に関する記事が出てくる。検索機械がこれまでの航海歴を基に選択された情報を送ってくるのかもしれないと気持ち悪くもなったが、そのくらいのことで引き下がってはいけない。自分はまじめに就職先を探しているんだ、と何度も自分に言い聞かせて、乳房の肥大した女の子のイラストが現れて片目をつぶってスカートをめくってみせても指でディスプレイに触って脇に押しのけ、これ買えあれ買えのクリック・アイコンに間違えて触らないように注意しながら、サイトの片隅から飛び出してくるけたたましい宣伝歌を次々消し、一心に求人広告を探した。

子供向けの塾が英語の先生を探していたが、「性暴力反対。子供を安心して預けられる塾」と最初のページに書いてあるのが気になる。なぜそんな当たり前のことがいちいち書いてあるのか。これはIへの不信をあらわす間接的なパーソナル・メッセージなのかもしれない。ポルノをクリックした後で求人広告を探すと、こういうメッセージが出てくるようにプログラミングされているに違いない。いや、そんなはずはない。ポルノ・サイトなど訪問していない。全く訪問していないわけではないが、稀《まれ》だし、昔のことだ。向こうが勝手に押しかけてくるんだ。

英語の先生になること自体は、悪くない気がした。ただ、父親は古い時代の人間だから「それは女性向きの仕事だろう」とがっかりするだろうな、という思いが頭の片隅をかすめた。「それは昔、給料が低いということを遠回しに言う時に使った表現だよね。でも塾の教師の方が保険会社より安定した職業で、給料も高いというコメントもネットには載っているよ」と反論することはできる。しかし父親の失望は理屈でどうなる種類のものではないだろう。だから、できることならたとえば家電関係の会社とか、と思った途端、家電メーカーの求人広告が現れた。タッケルサービスという聞いたことのない名前の会社だったが、Iの日本企業に関する知識は中学生の時と変わらず、そもそも家電メーカーの名前は三つくらいしか知らなかったので、Iが知らないだけで、もしかしたら大きな会社なのかもしれない。何よりいいのは「学歴ではなく、実際の日常英会話の能力を重視する」と太字で書いてあることだった。

なるほど、大学を出ていても偏差値が高くても仕事ができても、英語が話せるとは限らない。Iは日常英会話だけは自信があった。早速メールで応募してみると、視力や身長、年齢などを問ういくつか簡単な質問が送られてきて、それに正直に答えると、四谷にある本社での面接の日取りが決まった。

Iは自分からはめったに優子にメールも書かず、手紙を書いたことは一度もなかったが、この時には誰かに報告したくて面接のことをメールに書くと、優子は喜んでくれた。優子のメールにあった「就職がうまくいけば、結婚して家庭を築くこともできる」という文章が気になったが主語がないので、誰が誰と結婚するのかは不明のままだった。

あとは安いチケットを購入し、部屋の荷物を整理するだけだった。スニーカーは十足以上持っていたがどれにも愛着はなかった。安物のサングラスも一つだけ残してあとの七つは捨てた。野球帽も日本では大人のかぶるものではないので捨てようとしたが、ふと思いついてベンの部屋のドアをノックしてみた。「来週日本に帰るからこのキャップ、思い出にとっておいてくれ。別に僕のこと忘れてもかまわないけど」と言うと、ベンの顔が歪んだ。「もうここには戻って来ないのか。」「多分戻らないよ。日本で仕事が見つかりそうなんだ。これまでいろいろ教えてくれてありがとう。」ベンの目から葡萄《ぶどう》大の涙がこぼれ出た。Iはアメリカに来て以来この瞬間ほど驚いたことはない。雨もほとんど降らないさっぱりした気候が好きだったのに、こいつはなぜ泣いているんだ。男性の気持ちは理解できない。でももうコミュニケーション・スタディーズの授業に出て、人間の送り出す赤信号と青信号について研究することもできない。いいんだ、それで。人間は家庭用電化製品としては複雑すぎて実用的ではない。Iには炊飯器くらいのメカニズムでちょうどいいのだ。温かくて、美味しくて、清潔で、長持ちする炊飯器が急に懐かしくなった。

面接用に背広を揃えなければと思ったが、なかなか値が張ることを知った。しかたなく、インターネットでハロウィン仮装用に売っていた背広、ワイシャツ、ネクタイ、革靴を一式、十五ドルで買った。それを詰め込んだスポーツバッグを枕にして久しぶりにぐっすり眠った。

優子の隣にすわって中央線に揺られながら、Iはカリフォルニアの海の波音とまぶしい光をひそかに思い出していたが、はっとするともう一時間くらいたったような気がして、「それにしても遠いね、君の家は」とこぼした。「普通よ」と優子が答えたが、何がどう普通なのか。「明日の面接は四谷だから、かなり遠いな」と言うと、「何時から？」と訊くので「九時」と答えると「じゃあ八時には乗らないとね」と、なんでもないことのように答えた。Iはベンが「最近ラッシュアワーのピークに中央線に乗って腕の骨が折れた人がいるそうだ」と言っていたのを思い出して心配になり、「中央線は朝はやっぱり混んでいるんだろう？」と訊くと、また「普通よ」という答えが返ってきた。Iは東京では何が普通なのか見当がつかなくなっている自分に気がついた。

電信柱とふてぶてしい新築マンションと瓦屋根の一軒家が窓の外を次々流れていった。優子は首を傾けて、頭をIの肩に乗せた。いいにおいがした。Iは気がつかないふりをして、サーフィンやスケートボードの話をした。それからさりげなく、海岸での軟派の仕方、デートが簡単になりたつこと、でも数回同衾《どうきん》したからと言ってそれだけでは恋人としてつきあっていることにはならないこと、妊娠してもそれだけが理由で結婚を考える人はいないことなどを遠い風物詩のように語った。自分ではいざという時に逃げられるように伏線を敷いているつもりだった。優子は外国のことなど関係ないというように、全く反応しなかった。

外の壁にも中の廊下にもシミひとつないマンションだった。エレベーターの壁は全ての面が鏡になっている。Iは鏡に映った自分の姿を見ないように目をそらしたが、すべての面に鏡があるので、どちらを向いても自分の姿から逃げることができなかった。高校の入学試験で「四面楚歌」という四字熟語の意味を問う問題が出たことを急に思い出した。「正しい意味を次の中から選びなさい」という選択問題で、Iが選んだのは「四つの方向に向かってそれぞれの地方の人が好みそうな歌を歌うこと。つまり、誰に対しても如才なく振舞うこと」という説明だった。

優子はIにシャワーを浴びることを勧め、そそくさと台所に立ち、Iが浴室から出ると「ゆ」と書かれた浴衣が椅子に置いてあった。「優子のゆ？」「ちがうわよ。温泉で買ったの。お湯のゆ。」「英語のユーかも知れないね。君のこと、ユーって呼んだらおかしいかな。」「おかしいわよ。」

テーブルにはすき焼きの用意がしてあった。これは得をしたという気になった。アメリカでもデートが盛り上がった勢いで女の子の家に行くことが多かったが、ワインをあけて電話でピザを頼むのが定番だった。ピザは生地ばかり分厚くて、脂ぎったチーズとサラミが載っていた。

ダイニングキッチンですき焼きをつつきながら、優子は急に「来週、長野の実家から両親が遊びに来ることになっているの」と語った。「へえ」と無関心に相槌《あいづち》を打つIに、「あなたのことはアメリカ留学から今戻って、日本で就職試験を受けることになっている高校時代の同級生だと言ってあるから」と付け加えた。Iは「へえ、それは確かに嘘ではないけれど、なんだかもっと立派な人の話みたいに聞こえるね」と少し照れて受け流した。

日本酒もワインも出ないうちに食事は済んでしまい、緑茶を飲み干すと、優子はIに部屋の中を隅々まで見せた。熊の縫いぐるみが真ん中に陣取っている優子の小さな机と本棚のある小さな部屋。ダブルベッドと立派な衣装ダンスの置かれた寝室。そしてもう一室、からっぽの部屋があった。優子はIの顔を覗き込んで濃い微笑を浮かべた。「どう、この部屋。」「どうって言われても。」「客間だから自由に使って。」客間と言うがベッドはなかったし、布団が敷いてあるわけでもなかった。

「なんだか疲れて頭痛がするからもう寝るよ。明日は大事な日だし」と言って、Iはダブルベッドに寝るべきかソファーで寝るべきか迷った。紳士らしくまずソファーで寝る、と提案してみるべきだったのかもしれないが、ふかふか柔らかそうな幅の広いベッドの魅力には勝てなかった。しかし優子との関係を深める気はない。Iは口に出しにくいこ

とを口に出すことには慣れていた。外国語のつもりで、思った通りなるべく誤解のない

ように正直にセリフを作ればいいのだ。「今夜は君とセックスしないで寝るけれど、そ

れは決して君が魅力的ではないという意味ではない。」優子はそれを聞くと表情をこわ

ばらせ、火星人でもみるような目でIを見た。

翌朝はぎこちなかった。荷物を全部持っていけばもう帰って来ないつもりだと思われるだろう。面接が上手くいくかどうか自信がないので、いざとなったら優子のところに戻れるようにしておきたかった。荷物は持たないで、ハロウィン仮装用の背広を着てマンションを出た。ふと、自分がコスプレをして面接を受ける日本人を演じているような気がした。

優子はドアまでしか見送りしてくれなかったし、顔の表情が冷たかった。優子の腕に手をかけて、「戻ってくるのが楽しみだよ」と言ってみた。「戻ってくるのは当然でしょう。それとも他に泊まりたい家でもあるの」と言う優子の声は昨日と違って厳しかった。「ないよ、もちろん」と答えている自分自身が不思議だった。機嫌なんか取る必要はない。自分を泊めたがる女性なんていくらでもいるさ、と心の中でうそぶいた。

マンションを出て百メートルほど行ったところで、どういうわけか、右の膝がくりっと内側にねじれて、斜め前に突き飛ばされるように転び、地面に仰向けに倒れてしまっ

た。すると、すぐ後ろを歩いていたと思われる男が倒れたＩに覆い被さるように前倒しになって、続けて地面に倒れ、黒いアタッシェケースが弧を描いて宙を飛んで、金具がアスファルトの歩道に当たって壊れ、ケースが開いて、白い書類が道に蝶のようにぱっとばらまかれた。男は慌てて身を起こした。左右を通る人たちは腰を曲げて避けて通るが、立ち止まる人はいない。通勤時間だからみんな急いでいるのだ。「今時、手書きでびっしり数字や図形の書かれた紙の書類を持ち歩いている人もいるんだな」とＩはそんなことを思いながら妙に落ち着いてゆっくりと起き上がり、しゃがんで紙を集める手伝いを始めると、ケースの持ち主はＩの腕にとびかかって、「さわるな」と叫んだ。Ｉはあっけにとられて、腕を伸ばして腰を曲げた姿勢のまま、ぼんやり男のワイシャツの胸に刺繡《ししゅう》されたＳＰの字を見ていた。なんでこんなに慌てているんだ。見られたら困る企業秘密が隠されているのか。どういう製品なのかさえ見当もつかないような数式と記号が並んでいる。たまに文字があっても、「調査延期性別書類送還」とか「頻度匿名再生産強制合意」とか、意味不明の断片が目に飛び込んでくるばかりだ。男は大事そうに紙を一枚ずつ集めてはアタッシェケースに入れていたが、その様子をぼんやり眺めているＩに気づくと、「それにしても暇な人がいるもんだ。会社をクビになったんですか」と毒づいた。そうだ、面接に遅れたら大変だ。その場を立ち去るＩの背中に何語かわからない言語で、脅し言葉かと思われる最後のセリフが浴びせられた。Ｉは立ち止まりそうになったが、面接のことを思い出して我慢した。就職するためには寄り道してはいけない。Ｉの人生はそれまで寄り道だけから成り立っていた。今はどんなに面白いスパイ事件に首をつっこむ機会が与えられても知らんぷりして中央線に乗って会社に向かわなければいけない。

駅が近づいてくると駅に向かう人々がどんどん川幅を広げて集まってきて、こんな小さな中央線の駅、と昨日は軽く見ていたが、下手をするとアメリカの空港よりも人が多い。優子にもらったメロン色の西瓜カードを使って改札を抜けると、階段を上ってプラットホームに出るまで前後左右、ぎっしり人間に囲まれ、急に後戻りしたり、立ち止まるのは無理そうだった。

優子に言われた通りプラットホームの都心方向の一番先に歩いていって、電車が来ると一番前の車両の一番前に乗った。運転席と車内とはガラスの壁で仕切られていて、Ｉはほとんど反射的にガラスに鼻をつけて運転手の後ろ姿を見つめた。懐かしさがこみ上げてきた。

子供の頃、よく運転手を見るために母にせがんで一番前の車両に乗ったものだ。運転手の被っている帽子がうらやましく、心なしか濃紺の上着の上に白い線になって輝くワイシャツの襟も父親のそれよりバリッと上手くアイロンがかかっているように見えた。汗も垢《あか》も賄賂も受けつけない清潔な白だ。Ｉは子供の頃には山手線の運転手になりたいと思っていた。模型の蒸気機関車の線路が環状に敷かれていたからかもしれない。運転手の前にある三つのモニターは、流行が巡り巡ってIの子供時代に戻って来たような、懐かしい色合いと形をしていた。左のふたつのモニターの間に設置された時計も、博物館からこっそり借りてきたもののように昔風の情緒があった。

運転手は低い椅子に仏像のようにすわっていたが、ふいに右手を耳の高さまで持ち上げた。手首も指もほっそりしていた。信号を確認した合図に、さりげなく、それでいて決然と手を挙げるのだ。信号はいつも安らかな緑色をして過ぎていく。それはこの運転手が仏の心を持っているからだろう。もしIが運転したら、信号はすぐに赤に変わるだろう。赤い色を見たら、ブレーキをかけなければ、と思うが手が動かない。Iの人生は最近赤信号ばかりだったが、停止することはできなかった。時間という電車から降りることは誰にもできない。

運転室の手前に設置されているはしごは、車体の上に登る時に使うのか。運転室は整然としていて、床には何も落ちていなかった。唯一、左端に置かれた黒い鞄から白いファイルがはみだしているのだけが気になった。Iは、さっき妙な男にぶつかってアタッシェケースの中味が道にばらまかれたことを思い出した。いかにも重要な秘密書類を持っているような演技だった。意味のない数式や記号を毎日書きつけて、自分が大国から送られてきたスパイだと思い込んでいるのかもしれない。

たとえさっきの男が本当に国際スパイだったとしても、運転手の方が面白く思えた。歳はまだ自分とそれほど変わらないだろう。襟にかかった長めの髪が黒くつやつやしていた。運転手は長靴を逆さにした形のハンドルの上に乗せている手をまたすっと挙げた。無駄のない静かな動きだった。

Iはすっかり運転手になりきって、前方をしっかり見つめ、目を離さなかった。線路はあらかじめ敷かれている。人生もそうなら、予想外の事故が起きない限り、目的地に無事到着できるはずだった。電車の下にどんどん吸い込まれていく線路を見ていると、面接への不安も、優子に一生縛られそうな不安も消えていった。青信号が見えると、Iは思わず片手をあげそうになった。運転手になったつもりで電車に乗っている子供そっくりだ。

「大人になったら運転手になりたい」と書いたIの作文を読んで、母親は困ったような顔で「自動車と違って鉄道の事故は滅多にないから、いいわね」と無理に電車の利点を探し出し、父親は「管理職になれば悪くないかもしれないな。最近は大手の保険会社でも危ないが、鉄道会社は潰れないからね」と言った。父親は自分の勤めている会社を一流会社と呼んでいたが、子供の頃のIは忍者の漫画が好きだったので、一流というのも伊賀流と同じで一つの流派だろうと思い込んでいた。その誤解がとけたのは「鶏口《けいこう》となるも牛後《ぎゅうご》となるなかれ、という諺《ことわざ》があるが、俺は最初から牛の口になろうと思った。それ以外の選択肢はなかった」と父親が言った時だった。つまりIの父親の勤めていた会社は牛に相当するわけだ。

そんなことを考えていると、不意に目の前で複数の線路が交差した。Ｉは息をのんだ。間違った進路を選んだら、前から来る電車と正面衝突するかも知れない。どちらが正しい道なのか、一瞬のうちに判断しなければならない。運転手は少しも動揺せず、電車は平然と左の線路を選んで走行を続けた。

頭上を無数の門が過ぎていく。人生の門か。人生という言葉ほど自分に似合わない言葉はないとＩは思った。もし人生の運転手を雇うことができたら、楽になりそうな気がする。自分で運転しようとするから脱線するのだ。運転手、つまり主体は、状況を見極め、決断し、ハンドルを切る自分であってはいけない。そもそも日本語で思考する時さえ、自分自身のことをＩという三人称で呼ぶＩは、自分から逃げているのだ。英語ならＩも一人称になるかもしれないが、中央線の中ではそれはただの頭文字に過ぎない。

電車はどこかの駅に入ってとまり、駅名は見えなかったが、懐かしい「めだかの学校」の旋律が聞こえてきた。それに乗ってメダカが音符のオタマジャクシのように連なってどこまでも泳いでいくのかと期待したが、旋律はいきなり途切れ電車はまた走り出した。

そろそろ運転手の後ろ姿にも飽きてきて、Ｉは横の窓から外を見た。看板が次々通り過ぎていく。「ぐいぐい塾」、「フラメンコアカデミー」、「製菓学校」、「東大合格おめでとう」。みんなの欲望をそのまま文字にしていったみたいで、そうか、踊りたいんだね、美味しいと言ってもらいたいんだね、受かりたいんだね、こちらも頑張らないと、という気になってくる。

武蔵野はお寺をのんびり散歩する場所と記憶していたが、国分寺を過ぎてからお寺など一つもなく、やっと吉祥寺でまた「寺」という字があらわれた。「寺」という字はさすがに書けるが、「吉祥」は書けない。就職試験に漢字テストがあったら必ず落ちる、とIは思った。しかも常識がないので、「吉祥」の意味を訊かれたら口からでまかせ一つ出てきそうにない。しかしあの会社は、英語のできる人間を探しているのだ。漢字が書ける人を募集しているとは書いてなかった。

吉祥寺を過ぎた辺りから看板の中味ががらりと変わった。勉強して成績をあげるとか、資格をとるとか、合格するとか、そういう努力型のテーマはぷっつり途切れ、「カラオケ」、「食べ放題」、「宴会」などの言葉が並び始めた。その時、「一番前の車両は女性専用車です」という放送が突然入った。どうしてこれまで黙っていたんだ。おそるおそる振り返るとぎっしり女性が乗っていた。世界が女性だけになってしまったという設定のSF映画のロケができそうだった。ほとんどの女性が仕事用のスーツを着ているがそれでも男性よりも華やかで、全体をパッと見回すと、春の野原のようだと言ってもおおげさでない。Iはカチカチになって首を元の位置に戻し、数秒後には我慢できなくなってもう一度ふりかえると、一人の女性と目が合ったが、相手の表情は全く揺れなかった。男性が乗っているのに見て見ぬふりをしているのか。それともIの姿は女性に見えるのか。頭の中が混乱というよりも混線してきて、阿佐ケ谷と高円寺の間の線路みたいにくねくねし、とても中央を真っ直ぐ走っているのだとは思えなくなった。

運転席に入るドアに貼られたロゴのシール。黒い帽子を被って、黒いネクタイをしめ、黒い上着をきた、顔の黒い男の絵。なぜか腕が一本しかない。ガラスの向こうにいる運転手をもう一度見ると、腕はちゃんと二本あった。しかし、さっきとはどこか違う。顎の線がやわらかく、肌が明るく、髭《ひげ》のそり跡もなく、あ、運転手は女性なのだ。さっきまでは男性だったはずだが、吉祥寺を越えた時点で、女性に変身したのだ。それならIも女性に変身していて不思議はない。運転手とIは一心同体なのだから。試しにもう一度振り向いて、何人かの女性と目が合うまでこらえた。誰も驚かない。そうだ、Iも運転手も女性に変身してしまったに違いなかった。だから「一番前の車両は女性専用車です」という放送が突然入ったんだな。

中野は新宿に突入する前の最後の野だ。野原には花が咲き乱れ、ああ、よかった、女性でよかった、とIはつくづく思うのだった。なぜならこれで優子の家に居候し続けても、優子と結婚しなくてすむからだ。新宿というからには新しい宿なのだろうが、電車がとまる宿ではないのだから、いつまでもとまっていてほしくはない。面接に間に合わなくなったら困る。「後ろの電車が遅れておりますので調整します。」そんな言い訳は聞きたくない。新宿でどっと人が降り、ホッとしたが、そのほとんどは奥に乗っている人が降りられるように仮に降りただけで、また乗りこんできた。しかもだらしなくドアを開けたまま時間調整とやらをしているので、この電車に乗るつもりのなかった人たちまでどんどん流れ込んでくるではないか。その時、ずんぐりした、さえない男性がもそっと乗って来た。そいつは挑発的に自分のまわりを見回した。すると近くにいた目元の涼しい女性が、「女性専用車ですよ」と澄んだ声で注意した。Iはどきっとしたが、自分はそう言われなかったということは、やっぱり女性に変身しているのだ。その男は鼻をゆがめてニヤッと笑った。きっと自分も女性に変身していると勘違いしているのだ。ドアがしまって電車はやっと走り出した。目元の涼しい女性の隣に立っていた上背のある女性が、「女性専用車ですから移動してください」と言った。男性は「偉そうに」とつぶやいた。いっせいに敵意に満ちたまなざしがそいつに集まった。Iは空中の圧力に耐えられなくなって、「みなさん、彼は自分が女性に変身したと思い込んでいるんです。だから大目に見てやってください」と言って男を庇《かば》った。ところが男は感謝するどころか、「お前は何なんだよ」と言いながら近づいてきた。「何なのかと訊かれても困ります。見ての通りの者です。」「女なら何を言っても許されると思っているんだろう。」「実は女であるという意識はまだほとんどないんです。でも誤解されているあなたの力になりたいと思いまして。」「余計なお世話だ。」「つまり、自分では女になったつもりでも周りから見たら、まだまだと言う人もいるわけで。」それからしばらく嚙《か》み合わない口論を交わしていると電車はスピードを落とし、ドアが開いた。その男は降りる人たちの流れに乗って、Ｉの胸をぐいぐいドアまで押していき、Ｉを外に投げ飛ばした。四ツ谷、四ツ谷です。プラットホームには人がぎっしり立っていたので、Ｉは床に尻餅をつくこともなく、その人たちに抱きとめられた。

コンクリートの森の中に建つビルを予想していたら、案外本物の桜が並んでいて、花が咲いてないのにそれが桜の木だとすぐに気づいた。Ｉは「サクラ」が恐かった。芝居や選挙演説だけでなく、就職試験にもサクラはいるのだとネットに書いてあった。小グループでの討論形式で口述試験があった場合、中に一人だけ弁が立ち、しかも討論の内容を最初から知らされている人が紛れ込んでいる。他の参加者は怖気《おじけ》づき、自分は採用されなくても仕方のない能力のない人間だ、と思い込んでしまい、不採用でも腹は立たないし、万が一、採用が決まった時には謙虚になっている。これが就職試験のサクラだそうだ。

「タッケルサービス」と書かれた真新しい看板のかかったビルの中に入って行くと、受付にすわっていたのは長髪さらさら、睫《まつげ》びっしりの美青年で、名前を名乗るとエレベーターを指さして「五階の53号室です」と意外に低い声で言った。思ったより大きな会社らしい。エレベーターは二階でとまったが、豚の生姜焼きの焼けるにおいが流れ込んできただけで誰も乗ってこなかった。三階は通り過ぎ、四階は鳥の餌のにおいがしたが、やはり誰も乗ってこなかった。五階で降りるとドアは一つで、53号室しかなかった。ドアをノックすると「仮眠」という男の声がした。社長ともなると朝から仮眠が取れるんだ、羨ましいな。でもアポイントメントがとってあるんだから、起こすしかない。社長も起こしてもらえると期待して眠っているんだろう。そう思って、もう一度ノックするといらいらした調子で「仮眠」が繰り返され、それでもIが勇気を振り絞って「お休みのところ、失礼します」と言って中に入ると、いかにも社長室らしい社長室があって、手術台みたいに大きな机の向こうにその男はすわっていた。年は六十代半ばだろう。目に特徴があって、誰かの目そっくりだがそれが誰なのか思い出せない。丸い白目の中央で光る黒目が十字架の形に見える。そうだ、これはネジの頭だ。

机の隣には星条旗のような旗が立っていて、それが扇風機に立派に煽《あお》られているが、よく見ると旗のデザインは左右逆になっている。白い星の配置されたスペースが左上ではなく右上にある。アメリカの国旗を鏡に映してみたらこういう風に見えるのではないか。社長らしき男は旗の横にあるドアを顎でさして、「これから、あなたの能力を拝見させていただきます。この部屋の中に入ってください」ととってつけたような真面目な声で言った。Ｉは顎でさされたドアを開けて中に入ったが、白い壁、白い床、白い天井があるだけで、部屋は空っぽだった。ドアが外から閉められると、ドアの縁の線さえ消えた。白い壁はディスプレイのように中側から光っていた。

正面の壁にふいに女性の顔が映し出された。話し始めた途端、アメリカ人だと分かった。「ハーイ、カスタマーサービス電話ですか。質問があるんですけど。あなたの社の炊飯器が届いたんですけれど、スイッチが入らないんです。」目を細めて皮肉に笑った途端、目尻に現れた皺に「大学出」と出た。Ｉはアメリカ英語を聞くと急に、目を閉じていても操作できる慣れた機械を前にした時のように自信が湧き起こってきた。「プラグをコンセントに入れましたか。人間って、一番簡単なことを忘れちゃうんですよね。」女性は呆れた顔をして、「でもソーラー炊飯器って書いてあるから買ったんですよ。」商品についての基本的な情報も与えずにこのような試練に追い込む社長の意図はどこにあるのか。おそらく想像力とユーモアと会話能力が問われているのだ。「ソーラーはお天気がいい日に外で使わなければ機能しないんですよ。現代人は室内にこもり過ぎますよね。お宅の素敵なお庭、せっかく綺麗なお花を植えたのに、最近あまり使っていないいんじゃないですか。」女性は庭を褒められて嬉しそうに微笑んだ。うまく軌道に乗ってきたと思うと、まだその女性とのビデオ電話が終わっていないのに、後ろのスクリーンから女子学生風の声がして、「ハーイ、あなたの社の炊飯器、ステキね。あたし、寿司が好きだから炊飯器買ったんだけど、うまくできないの。」「何が問題なんですか。」「ご飯がべちゃべちゃで握れないの。」それは炊く時に水を少なくすれば、とIが答えようとすると、その右側のスクリーンに年配の男性が現れて、「おはよう。元気にやっているか」と声をかけてきた。「はい、調子は最高です。」「こっちもだよ。昨日は釣りに行ってね。」「それは良かったですね。」「釣れたよ。かなり待たされたけれど。」「そうですか。」「バスだ。でかいぞ。」「それは良かったですね。失礼ですが、我が社の製品について何かご質問があるのでしょうか。」「製品？　あ、炊飯器ね。悪いけど、米は食べないんだ。別にアジアの文化が嫌いなわけじゃないんだが。」覚悟はしていたが、後ろで「ハーイ。今、お時間いいかしら」という声がして、振り返ると顧客の顔が大写しになっていた。これでは四面楚歌だ。そうだ、四面楚歌とはこのことだったのだ。高校時代にきちんと四字熟語の勉強をしていればこんな目にあわなくても済んだかもしれないのに。でもその代わり英語なら任しておけ。どんどん対応して見せるぞ。どこからでもかかってこい。「実は私、大学で経済学と社会学を勉強しているんだけれど、今商標の分析をしていて、お宅の炊飯器の名前、タッケルについて知りたいんです。ネットで調べたんですけれど、これは日本の神話に出て来る人物の名前ですね。ヤマトタッケル。でもコメをクックするという意味の炊くという意味の動詞でもあるんですよね。」Iの好みの肌が小麦色に焼けたふっくらした子だった。「炊く、ですね。炊けるは、キャン、クックです。」「でも最近は家電でも男性顧客の心をつかむ必要があるので、アメリカンフットボールのタックルをイメージさせる名前をつけたのかとも思ったんですけれど。」「自由に解釈していただいて結構です。製品名はイメージですからね、これだけが正しいという意味はないんです。でもその名前を聞いた時になんとなく好きだと思える、そういう名前がいいと思うんです。」Iは疲れてきた。何でこんな仕事をしなければならないんだ。小麦色の肌の女の子と海辺でカクテルを飲みながら同じ話をするならいい。でもこの真っ白な部屋は恐ろしい。しかも肉料理のにおいがする。まさか倒れるまで働かせてから焼いて食べるんじゃないだろうな。人間だぞ。牛の頭でも尻尾でもないんだ。

Iは目を開けた。アルミニウムを被せた機内食が隣の席のテーブルに置かれるところだった。ビーフにしますか、パスタにしますか。Iはこれからアメリカに留学するところだった。姿勢を正して、「ロサンジェルスまであとどのくらいですか」と尋ねると、客室乗務員は笑って、「まだ出発して一時間くらいしかたっていませんよ」と答えた。

文通、

舟子に娘がいるという話を陽太は初めの頃は全く気にかけていなかった。子持ちししゃも、子連れ狼、こぶとりじいさん。場違いな言葉が次々脳裏に浮かんでくるが、不安は全くない。自分が繁殖の系譜からはずれていることで、受け渡したはずの遺伝子が上手く開花しないのではないかとハラハラする心配もない。十歳になるという、まだ逢ったことのない少女に会う日が楽しみだった。

子供のいる女性は管理職についている女性と同じで、お姫様ごっこは確実に卒業し、人の面倒をみる覚悟ができているし、瘤《こぶ》でも夫でも借金でも背負って前に進む人生筋肉もある。そうだ、僕のような頼りない人間にはちょうどいい、と陽太は密かに思った。後妻に行くのは不利だという考えは古い。いや、僕は妻ではないから、後夫と言うのか。

舟子はおおらかで小さなことは気にかけないが、細かいことをすべて記録する変な癖がある。一度いっしょに映画を観に行って、同じ映画館に半年後にもう一度行くと、「今回はチケットが百五十円高いのね」とこぼした。何ヶ月か間をおいて同じレストランで食事した時も、前回に頼んだものを克明に覚えている。舌がそのままメモ帳になっているのかと思えば、そうではなくて記録をつけているのだと言う。「書いておかないとせっかく経験したことが消えてしまうから」と言われて陽太は考え込んでしまった。小説を書くことを生業《なりわい》にしている陽太は、自分の経験したことをそのまま書くことはない。日記も書かない。むしろ、記録しなかった出来事だけが自分の私有財産になる気がする。

舟子が記録をつけるのは記憶力が弱いから、あるいは自分が若年性認知症になる心配をしているからではないかと陽太は疑ったこともあった。ところが舟子は、他人の家のバルコニーに咲くどんな花を指さしても名前や自生地を知っていたし、まだ観ていない映画の筋も一度雑誌で読んだというだけですらすらと語れたし、どの会社の靴下が一番長持ちするかということから、ターメリックやシナモンがなぜ身体にいいかという説明も即座に口から出て来るだけでなく、どの雑誌に書いてあったとか、誰々に聞いた、と出典をちゃんと付け加える。「どんな記憶でもすぐに取り出せる頭をしているのだから、何も記録の必要なんてないんじゃないか」と陽太が言うと、記録するから頭に入るのだと言う。鉛筆で字を書くことで記憶は刻まれる。それが彼女の記憶術だった。いつか舟子の住んでいるアパートに行って彼女が気になったことをすべて記録しているノートを見せてもらいたいものだ、と陽太は思った。つきあい始めて一年になるが、まだ舟子の部屋を見たことがない。

舟子は小柄だが動きに華やかさがあって、地下鉄の中でも彼女がさっと立ち上がるとまわりの人たちの視線が集まる。脂肪は常に燃焼し尽くされていて、数段遅れて駅の階段を上がる時などスカートの裾に煽られるふくらはぎを見ていると動きにあわせて筋肉が浮き上がり、階段をのぼり終わって陽太が息を切らしていても、舟子の呼吸は乱れていない。

陽太は自分は女性全般が嫌いなのではないかと時々心配になることがあった。首や腕や脚が細く、淡い色のブラウスを着て、白く塗りたくった顔で自信なさそうに小声で話す女性を見ると、いつもいらいらする。世の中にそういう若い女性が増えたせいか、陽太は気がつくと少年の顔をしたまま三十代を終えようとしていた。四十になる寸前に舟子と出会えたのは運がよかったのだろう。捨てる紙あれば拾う紙ありで、紙は神とは違うと言えば違うが、書き損じられた原稿用紙のように一度紙屑箱に捨てられた自分がまた拾われたようで陽太はほっとした。

四十一歳の誕生日が間近に迫った週末に高校の同窓会があることを葉書で知った。

「メールアドレスは公開していないから、僕だけ葉書ルートで連絡をもらったのかもしれない」と舟子に話しながら陽太は苦笑した。

同窓会の開かれる土曜の昼、陽太は珍しく頭痛と目眩《めまい》を感じたが、家にいてもつまらないので薬をのんで出かけることにした。引き出しを開けると買ったつもりのない頭痛薬が入っていたので、舟子に電話して、どんな副作用のある薬なのか一応確かめてから飲もうと思ったが、携帯電話の調子が悪く、舟子の名前をプッシュしても反応がない。仕方なく、手書きのアドレス帳を見ながら一つずつ番号を押してみたが、何度やっても狙った数字の隣の数字を押してしまう。やっと正しい番号にかけられたかと思うと、「この電話番号は現在使われていません」という機械の声が聞こえた。やっぱり数字をどこかで押し間違えたのだろう。舟子に電話するのは諦めて、真っ白な錠剤を一粒、コップの水で飲み、同窓会にでかけた。

会場はあるホテルの最上階にあり、集まってきた男女は、ハンドバッグについた飾りの鎖だけが妙に強く光っていたり、磨き上げた靴がカブトムシの甲羅を思わせたり、顔に貼り付けられた微笑が絵文字そっくりだったりして、親しみを感じにくかった。この人たちが同じ窓の人たちか。同じ窓の人って、どういうことだ。陽太は目の前に差し出されたお盆に並んだ歓迎の杯には手を出さずに、気後れしてじわじわと後退し、壁に背をつけて肩をすぼめて立っていた。あそこに一つ、ここに一つ、白葡萄酒が宙を漂っている。目がおかしい。華麗なガラスの反射だけが網膜にひっかかり、人間たちの姿は見えなくなっていった。

陽太はふらふらと人波をかき分けて歩き始めた。しばらくすると、「元気にしてる?」と歌うソプラノが耳を刺し、後ろからぽんと肩を叩かれ、よろめきながらふりかえると、目が二つあり、鼻の穴が二つあって、唇も上下二枚ある人間がいて、へのへのもへじみたいな美人だなと思いながら、他に訊くこともないので「元気?」と言ってみると、「電車がとまっちゃってさあ」で始まった長い彼女のおしゃべりは、「猫のお腹の具合が悪くておならばかりしていて」を通過して、「最近、中国映画に凝っていて」と万里の長城みたいにどこまでも続く。陽太は頷《うなず》いたり、相槌を打ったりしているうちに、相手の顔が少しずつ変化していくことに気がついた。睫が伸びて、目の玉が水晶のように輝きだし、唇に赤い血が通い始めた。しかも二人の呼吸には共通のリズムのようなものができてきて、意気投合という言葉があったけれど、なんだか僕らは気が合うようだ、と思った瞬間、もう一人、これも誰だか分からない女性が脇から登場して話に加わり、「陽太君、最近売れてるわね」と言って、せっかくできかけていた二人のリズムをたちまち壊してしまった。「読んでるわよ、毎日。」それを聞いて最初に声をかけてくれた方の女性が決まりのわるそうな顔をしたので、僕の新聞小説を読んでいないんだな、と陽太は思った。読んでくれていない方がこちらは嬉しい。「この先、どうなるのか、教えて、なんて作者に訊くのは反則よねえ。職業上の秘密でしょう、それはやっぱり。でも気になるのよねえ。」陽太は答えない。小説の続きがこれから先どうなるのか、作者自身は知っているとでも思っているんだろうか。

そのうち蛍の光が現れ、正確に言えば、蛍の光、窓の雪といっしょに歌いたくなる旋律がかかって、照明が暗くなり、「二次会、行くでしょう」と二人にすかさず誘われた。「それじゃあとりあえず」みなさん、外に出てくださあい」という幹事の号令で、ごそごそ昆虫たちが移動し始める。会場の空気は濁っていたのか、外気に触れると急に呼吸がしやすくなり、頭の中がすっきりして、二人の名前を上手く探り出す作戦を思いついた。「作戦」などという、いつもなら使わない言葉を使ってものを考えている自分は酔っているのかもしれない。

「君たち、結婚して名前変わったのかい」と陽太は二人の女性の顔を交互に見ながら訊いた。ところが二人とも即座にはっきり首を横に振った。「わたしたち、離婚して元の名字に戻ったの」と一人目が涼しい顔をして答えた。二人とも離婚したというのは上手くでき過ぎている。陽太は知恵を絞って、「それじゃあ今は何て呼んだらいいのかな？」と訊いてみたが、「前の通りでいいから」という答えがあっけなく返ってきて、名字引き出し作戦は失敗した。前の通りか。陽太は密かにため息をつく。前が分かれば苦労しない。くろう？　そうだ最初に声をかけてきた女性の名字は「くろう」じゃなかったっけ。まさか。第一、どういう字を書くんだ。そんな名字はないだろう。「苦」の字が蓋になって被さっているので他の字が見えにくい。僕だって本当は苦しいんだ。悩みがないみたいに見えるけれど、「苦」と書いてしまっては宗教になってしまうので、工夫してたとえば「九」と書いたりしている。そういう工夫が文学ってもんだろう。待てよ。数字の入った名字もたまにあるぞ。三谷とか六草とか八千草とか。くろう。久良さん。そうだ、この字だ。久良さん。本当にそういう名字だった。陽太は喜びの声を上げたいのを抑えた。一人目の女性の名字が思い出せると欲が出て、踏ん張れば、頑張ればと言った方がいいのかもしれないが、とにかくお腹に力を入れれば、出ないはずの言葉が出ることもあるので、陽太は踏ん張って、もう一人の名字も記憶の腹から出産してみようとする。あまりない名字だったような気がする。笹巻さん、飛田さん、久寿川さん、泊雪さんと、思いつくままに名字を目の前の女性に次々かぶせていくが、うまくいかない。一人の人間を一つの名前で呼ぶことにそもそも無理がある。髪の毛はしんなりして、わたしはしんなりの品川よ、と主張する。鼻は高山、頬は丸井、唇は桃井、首は長井、それぞれが別の名前をもらいたがっている。

何がなんだかわからないうちに穴倉みたいな店に入り、どうやらここが二次会の会場らしいと理解する。店内は混んでいて他にあいている席が見えなかったのでカウンター席にすわると左隣に久良さんが来て、その向こうにまだ名前が思い出せない女性がすわった。右隣はあいているのでほっとしていたら、これまた誰なのか分からない眉毛の太い背広姿の男性が現れ、親しげに、「やあ、元気でやっているか。読んでるよ」などと言いながら重そうな尻を持ち上げてすわった。とまり木には似合わない尻だ。鳥のとまるべき枝にモグラが無理に尻をのせたみたいに見える。

男は舌のもつれそうな名前のカクテルをこともなげに発音して頼んだ。「そのカクテルは流行《はや》っているのか」と陽太は訊いてみた。世の中のことを知らない変わり者の本の虫という役を久しぶりで演じてみたくなったのだ。ところがその男は、鴉《からす》が豆鉄砲食らったような顔をした。鴉ではなくて鳩だ。そうだ、鳩川さんだ、二番目の女性の名字は。陽太はすっきりした。まだ男の名前は思い出せないが、仮にカクテル君とでも呼んでおけばいいだろう。核に輝でカクテルだ。

核輝君は自分が酒や車の話しかできないビジネスマンになったと思われたくないのか、「そのカクテルは流行っているのか」という陽太の質問は無視して、「俺も高校の時は実はセリーヌとか読んでいたんだぜ」と唐突に言い出した。陽太は意地悪く、「作者の反ユダヤ主義はどこから出て来たのかとか、そういう話がしたいのか」と問い返した。核輝君が驚いた顔で固まっている数秒の間に陽太は飄々《ひょうひょう》として「せっくすおんざびいち」を頼んで二人の女性を笑わせ、カウンターに両肘《ひじ》をのせて頰杖をつき、手の甲を城壁に見立ててみたが、核輝君は赤らんだ頰を近づけ、話題を変えて話しかけてきた。ちらっと横目で見ると、唇だけが動物のように勝手に動いている。「会社の…修理で…爆破…

ランボー（あるいは「乱暴」）…制裁（あるいは「正妻」）…クレジット…ル・クレジオ…軍備…タレント…レンタル…子供の受験…来た…挑戦…云々」と核輝君のおしゃべりは尽きない。そのうち暑くなったのか上着をざばっと脱いだ。ワイシャツの二番目のボタンの糸が微かにゆるんでいる。陽太の目はボタンに釘付けになった。そうだ、僕は高校生の頃からそうだった。目の前に立った人間を丸ごととらえることができなくて、ホクロとかボタンとかシミしか見えなくなって、つながりのない細部から細部へと視線が目移りする。これらの部品をうまく組み合わせたら一人の人間ができるんだろうか。

二次会は盛り上がるというよりも、どろどろと酔いにはまっていき、やがて歯が欠けるようにぼろぼろ抜けて帰る人がいるので風通しがよくなってきた店内に数人のグループが入って来た。空いていたテーブルを囲んで座り、高い声で話し続ける男女の中の一人がふいにジャンプして陽太に突進、真正面から顔を見て、「久しぶり」とはずんだ声を出した。陽太は一気に酔いがさめ、止まり木から落ちるように降りて、背筋を伸ばした。もう何年も逢っていないがあまり変わっていないいとこの浮子だった。「アメリカにいるんじゃないのか。」「もう帰ってきていることは知っているくせに。それともまさか、実家宛てに出した手紙を毎回アメリカに転送してもらっているつもりだったの？」「手紙って何だよ？」「なに照れてるの？　あんなにたくさん手紙くれといて。今年に入ってからだけでも三通はくれたでしょう？」陽太は呆れた顔をしていとこの顔を見た。

いとこと言っても叔父の再婚相手の連れ子なので遺伝子的には繋がりがない。連れ子などという古い言葉を使うと、着物を着て髪を結い、風呂敷包みを抱えた女性が小さな子供の手を引いて、嫁ぐ家に向かう光景が浮かんでしまうが、浮子の母親には古風なところは全くなかった。離婚してからも浮子を保育園に預けてバイクで出版社に通勤し、仕事を通して知り合った作家には、子供がいることを初対面の時から得意になって話していたそうだ。そしてその作家が、「子供のいる女性はいいなあ」とこぼすと、このチャンスは逃すまいと心に決めたのか、必要もないのに毎回作家の住む宇治市まで原稿を取りに足を運び、電話を頻繁にかけ、最後まで手綱をゆるめなかった。この作家が陽太の叔父に当たる。手を使うことが好きな人で、水墨画を習ったり、土をこねて陶器を焼いたり、特注の窯《かま》でフランスパンを焼いたりするだけではまだ足りず、ある時パソコンを捨て、明治時代風のデザインの原稿用紙を千枚注文し、それからはモンブランのこれも特注の万年筆で小説を書くようになった。まだ子供だった陽太は遊びに行った時にその立派な原稿用紙を一枚もらって、升目の一つ一つに漫画を描いていった。セリフのないミクロの漫画だ。いつも使っている鉛筆削りではだめなので、カッターナイフで芯をとことん尖《とが》らせて、小さな絵を描いた。細密画という言葉はまだ知らなかった。原稿用紙は本来文章を書くためにあるということはもちろん承知していたが、一つの升に一字しか書かないなんて、しかもその過半数がひらがなだなんて情報量が少なすぎて間延びして見える。

遺伝子的な繋がりはないが叔父がひどく可愛がっていた一人娘の浮子は陽太の描いた漫画を見て、大人になったら漫画家になるべきだと言った。陽太には「大人になったら何々になる」という発想はなかった。サナギが蝶になるとか、オタマジャクシがカエルになるとか、そういうはっきりした変化が人間にもあれば分かりやすいのだが、陽太は声が多少低くなっても、髭がぼちぼち生え始めても、自分はいつまでも今のままだという気がした。浮子は全く違っていて中学生の頃から、今の自分、若い独身女性としての自分、母親になった自分などをそれぞれ別の人格のように区別して想像できるようだった。

高校に入って親戚の葬式で久しぶりに浮子に逢い、火葬場の裏で浮子に急にぎゅっと手を握られ、視線がぶつかり、制御しにくい化学変化が始まると、陽太はその手を静かにふりほどいた。すると浮子の顔がさっと悲しげに歪んだので、陽太はあわてて相手の顔を元に戻したいというだけの理由から、「僕たちは将来結婚することになるかもしれないね」と言ってしまった。どこからそんな間の抜けたセリフが出てきたのか。自分の腹とか心とかから出た言葉ではないことは確かだが、引用だとしても出典が分からない。ところがそれを聞くと浮子の顔はすぐに晴れわたり、目はみるみる大きく見開かれ、唇が真っ赤に染まって微笑んだ。それから二人はどちらが誘うともなく近くの山に入っていった。

「手紙、書くから」と言い残して陽太はその場を去った。逃げた、と言った方が正確かもしれない。手紙は咄嗟《とっさ》に思いついた言い訳だったが、家に帰るとどういうわけか本当に手紙が書きたくなって、便箋と封筒を買ってきて書き始めると、今度は止まらなくなった。鉛筆の芯が柔らかく誘う、紙が吸い取るように誘う、漢字の形がたまらなく面白い、しかも彼らは特定の一人に確実に読んでもらえるのだ。手紙の受取人こそが、それが誰であっても、真の恋人ではないか。

目の前に立っていた浮子の姿を思い出してみてもそれは、力みすぎた目と歯磨き粉のにおいとワンピースにできた意地悪そうな皺と、鼻息と、目には見えないが確実に存在する大腸、小腸、肝臓、膵臓《すいぞう》、盲腸、胃などの集合体に過ぎず、恋人と呼ぶ気にはなれなかった。ところが遠くにいて姿が見えないと、恋がしたくなって、手紙を書く。便箋をきれいに折りたたんで封筒に入れ、宛名を書くと、自分の思い浮かべる浮子が四文字の漢字の中に封じ込められるので安心する。郵便ポストの暗い穴に封書がぽとんと落ちる音を聞くと、まさか手紙がヤモリのようにポストの内壁を這《は》い上がってくるはずもないので、こちら側にいる陽太はますます安心する。

手紙はコピーをとることもないので投函後は読み返すこともない。もしも数日後に読み返していたら、投函できなくなっていたかもしれない。

「今一人で近所の喫茶店にすわってぼんやり紅茶をすすっているのですが、なんだか向かいの席に君がすわっているような気がします。遠くにいる人が近くにいるように感じられるのだから不思議です」などと書いている時、陽太は喫茶店にいるわけではなく、自宅の机に向かって、喫茶店にいる自分を想像しているだけだった。まして、浮子が向かいにすわっていたらいいと本気で思ったわけではない。遠くにいるからこそ近くに感じられるということを書きたかったのだが、浮子がそれを誤解するのも無理はない。「いっしょにコーヒーが飲めたらいいなあと思います」と浮子から返事が来ると、陽太は理解されなかったことが不満で早速返事を書き始める。「コーヒーも実際に飲むより、コーヒー豆がとても遠い国で生産されるものであることに思いをはせた方が、香りが強く感じられます。いや、飲みたいと思いながらも飲まないのが一番美味しいコーヒーかも知れない。そもそもあんな苦い汁を本当に美味しいと感じる人間がいるはずない。あの香りがカフェインの刺激を身体に思い出させるという、それだけのことではないかと思います。でもそういう化学反応もとても大事なことで、人生の一番美味しい部分ではないかな」などと書き散らして送った。つまり浮子についても実際に接吻したりしたら舌に苦汁を感じる、という意味にとれないこともない。しかし浮子はそんな方向に思い悩むこともなく、父親にもらった雑誌のバックナンバーにコーヒー豆についてのエッセイが出ているのを見つけると鋏《はさみ》できれいに切り抜いて陽太に送った。キリマンジャロと呼ばれる豆にもいろいろあることや、首都圏のどの店に行けば美味しい豆が買えるかという具体的なアドバイスなども書いてあった。陽太はその切り抜きを読むと興ざめしたが、翌日には気を取り直して、「遠いという漢字は、猿がバイクに乗っているようで、それほどきれいな字ではないかもしれない。でも僕はこの言葉の響きが好きだ。とおい、おおおおい、来い、遠景、遠方、遠距離。僕には遠いということ自体に意味があるように思える。それは簡単には行けない、あるいは、言葉を通してしか行き着けないという意味なのかもしれない」などと書いてさっそく浮子に送った。手紙は回数を重ねるにつれて、ですます調が消え、日記を思わせる文体に変わっていった。

陽太の好きな遠さは浮子にはぴんと来なかった。遠いといっても浮子は南アフリカに住んでいるわけではない。宇治市に住む浮子には、八王子市に住む陽太に逢いに行くのがそれほど不可能なことだとは思えなかった。もちろん小学生にとっては遠いかもしれないが、自分たちはもう高校生なのだ。お小遣いはすぐに使ってしまうので貯金箱は軽く、特急券を自分で買うのは無理だが、陽太のところに遊びに行くと親に話せば交通費くらいくれるだろう。浮子がある日、「そちらに遊びに行ってもいいですか」とはっきり書いてきたのを読むと陽太はパンチでも食らったみたいに唾をのんで頬に手を当てた。大変なことになってしまった。

忙しいから逢えない、などと書くのは手紙アーチストとしての誇りが許さない。もっと豊かな答えをつくりださなければ。その豊かさは二人の間の距離を克服できないほど大きなものに育てていくだろう。いろいろ考えた末、陽太はこんな手紙を書いた。

「君が遊びに来てくれるというのはとても嬉しいが、そう思ってあらためて見ると僕の部屋は恥ずかしいことだらけの子供部屋だ。棚の上には昔組み立てた宇宙船のプラモデルが飾ってある。たとえそれをかたづけたとしても、君のすわる椅子がない。椅子をもう一つ買ったとして、この部屋に君と向かい合ってすわって話しているところを想像してみる。隣の部屋からは絶えず両親の声が聞こえてくる。そして夜八時になれば『ご飯よ』と呼ぶ声がして、君といっしょに食べる夕食は、父の自慢の唐揚げか、母の自慢のローストビーフ。これではまるで子供だ。僕は次に君に会う時は大人として会いたい。たとえば週末にいっしょに一泊の旅に出てみてはどうだろう。」

背伸びしすぎて、前につんのめって倒れそうになる手紙だった。陽太は旅という言葉が好きだったが、自宅と学校の間を往復するだけの生活を送っていて、実際には一人で旅をしたことがなかった。ところが浮子の方は積極的で、陽太はどういうところに旅行したいのかと早速手紙で訊いてきた。陽太は実は昔から一番行ってみたかったのは宇治だが、それならすぐに遊びにいらっしゃいと言われてしまっては困る。京都や奈良も浮子の家に近すぎる。なるべく遠いところがいい。となると北海道か沖縄だが、沖縄では水着姿で海に入らなければならないはめになるかもしれない。そういう風に肌を剝《む》き出しにして、半分裸で騒ぐ青春というのは、なまなまし過ぎる気がする。やっぱり寒い地方がいい。まず十和田湖が思い浮かんだ。小学校の教科書でこの地名を読んだ時、冷たく澄んだ空気を吸い込んだような気がした。次に思い出したのは輪島という魅惑的な地名だった。でも知っているのは地名だけで、輪島がどんな気候や風景を提供してくれるのか想像できなかった。そこで思いついたのが稚内だった。最近、稚内を舞台にした小説を読んだので、行ったことがあるような錯覚を覚えた。

「実は稚内に行ってみたいと昔から思っていたのです。目を閉じるとこんな情景が思い浮かぶ。僕らは誰もいない海辺を並んで歩いている。すると死体が一つ、波打ち際に横たわっている。」

陽太はそう書いてしまってから、あわてて「死体」を「カモメ」に変えてみたが、それでもまだ縁起が悪いので便箋を破いた。イカ釣り舟が遠くに浮かんでいる情景を書こうか。とすると夜だな。二人で民宿に泊まる時にはもちろん別々に部屋をとるが、もしも彼女が夜中に僕の部屋に入って来たらどう対応すればいいのだろう。まさか「手紙、書くから」と言い残して、寝間着のまま裸足で外に逃げて行くこともできないだろう。

頭をひねり、文章をひねり、夜ふかししてねばった結果、「稚内に行って海辺を君と散歩し、海の向こうにあるサハリン島を見るのが僕の夢ですが、高校生には無理ですね」という文章に辿《たど》り着いた。これならば、行きたいけれど実際には行かれない、でも行くことを想像し、二人で夢を分かち合うのが楽しいのだ、という意図が伝わるだろう。ところが浮子は陽太の想像を超える現実主義者で、北海道の旅行ガイドを本屋で買ってきて、稚内にある宿を調べ、鉄道の割引券についての情報も集め、旅費を計算してきた。「思ったよりもずっと安く稚内に行けることが分かりました。」陽太はこれを読んで驚いて、「それは思ったより安上がりではあるが、しかし全く貯金がなく、事情があっておこ小遣いもとめられている僕は、アルバイトをして旅費をためることにしたので少し待って欲しい」と返事を書いた。これは手紙としては息の短い、逃げ腰の、香りの貧しい欠陥商品だった。

陽太にはアルバイトの経験はなかった。しばらく浮子からは返事がなかったので、ほっとしていると、一ヶ月ほどして、「わたしもアルバイトを始めました。喫茶店のお運びで、観光客が多くて、なかなか忙しいです」という手紙が来た。陽太はあせりを感じた。一度繰り出してしまった糸をどうやって巻き戻したらいいのか分からない。実際にアルバイトを探せばいいのかもしれないが、ラーメン屋のガラス戸に貼られた「バイト募集」の字を見ると、勇気が萎《な》えた。下手な字ではない。しかし、力の入りすぎたカタカナの線が勝手な方向に伸びて、紙からはみ出している。募集の「募」の字は中心部で混線して、無精髭のように見える。

「昨日は窓ガラス越しに見る空が青かったんで、薄着で張りきって外に出たら空気が入れ替わったみたいに冷たかった。今年の秋はおしゃべりがとまらず長居している友人みたいだと思ってのんびりしていたら、急に寒くなった。明るい日差しも赤や黄色に染まったあざやかな木の葉もまだ秋なのに。どうやら冬は先客である秋が帰る前に来ることもあるらしい。天気のことくらいしか書く事がないのだが、天気には書かれるだけの価値があると思う。窓の外に見える家の壁もほっそりした街路樹もみんな天気によって姿が全く違う。僕たち人間も天気によってこんなに違ってみえるんだろうか。実は僕は肺が弱い。ちょっとした風邪をこじらせて肺炎になったこともある。隙間風の通る旅館の部屋など冬は苦手なのだ。春を待とう。僕らの旅は春がいい。」

春になるまでまだまだ時間があると思うと心が安らぎ、陽太は思いつくままにクリスマスの空騒ぎやおせち料理のデザインについて面白おかしい手紙を書いて無為に時間をすごした。

二月になって寒さがますます深まってきたので油断していると、月末に急に近所の梅が開花し、浮子が、友達が最近台湾に旅行してきた話をくわしく書いてきた。これは間接的に自分たちの旅はどうなっているのかと催促しているのだろうと察し、陽太はこんな手紙を書いた。「隣の家の猫、というのは誰でも気になる話題だと思う。桟の上をバランスとりながら歩いてくる。太っているくせに、変に運動神経がいい。自然の法則から見たら無駄かもしれないキャットフードを原因とする脂肪。その脂肪さえもが歩行中にはちゃんと身体の中心部の命令に従って揺れているみたいだ。猫と違って人間は余分なものを身に着けすぎるとすぐにバランスを失って、奈落の底に落っこちてしまう。だからやりたいことを一つに絞って、大事な人は一人でいい、なんて考えていたけれど、空想の世界では脂肪はむしろたくさんあった方がいいのかもしれない。断食芸人じゃないんだからね。猫は目に見えない毛を飛ばす。くしゃみが止まらず鼻水が出るのは猫アレルギーかもしれないと思ってこの間、医者に行って検査を受けてみた。すると花粉症だということが分かった。二月半ばから四月末まで花粉を飛ばす様々な植物に気をつけなければならない。なるべく外に出ないで家の中にいるように言われた。それから、飛行機や電車の中は花粉が凝縮されているのでなるべく乗らないようにとも言われた。」

陽太は戯《たわむ》れにマスクをかけて外に出てみた。わるくない。口から無駄に霊魂が垂れ流されることがなくて、こちら側、つまり自分が自分である側に自分の構成要素がまとまって、ひきしまる気がした。ところが近所の人に駅前でばったり出逢い、「花粉症ですか」と訊かれた。肯定すればその話が親に伝わり、面倒なことになるので、「風邪で鼻水が出て」と言ってごまかした。花粉症について書いた手紙に対して浮子からは返事が来なかった。返事がこないと不安になるから不思議だ。できれば自分のことは忘れてくれ、と思っているのに、手紙が来ないと、手紙を催促するような手紙を書いてしまう。

「最近とても気になっていることがある。右足が左足より大きくて、靴がきつい。靴の中で右足の指がかすかに折れ曲がっているので骨が苦労しているのがわかる。これは右足がむくんでいるのか、それとも左足が萎《しお》れているのか。これまできついと感じなかった靴がきつく感じられるのだから、右だけ扁平足になっているのかもしれない。いずれにしても歩いている時に自分が傾いていないか、時々気になる。君にはそんな経験はないかい。君の歩く姿を思い出そうとするんだけれども、隣を歩いているところしか想像できない。隣だと何も見えない。できれば君が土手の上を一人歩いていくところを川に浮かんだ船の上からゆっくり観察していたいな。船はゆっくりと君と並行して走る。もちろん君は僕に気がついていないという設定だ。」

浮子は陽太のことが理解できなくなったのか、どう答えたらいいのか分からないのか、あるいは呆れてしまったのか、単に手紙を書く時間がないだけなのか、返事をよこさない。ところが梅雨が明けると突然、「夏休みに入ったので、そちらに遊びに行きます。八月十日到着でいいですか」と書かれた葉書が来た。手紙ではなく葉書であったことが陽太には裏切り行為のように感じられた。母親に読まれてしまったからだ。母親はしまったままになっていたお客様用の布団とやらを外に干したり、窓を磨いたりしている。陽太は眉をひそめ、乱れる呼吸を整えて、対策を練った。やっと思いついたのが、八月八日に京都に行く大切な用事があるので、その翌日にこちらから宇治に寄る、という嘘だった。早速手紙を書いて速達で出した。速達便を使うのは初めてなので気分が高揚した。母親には、自分が宇治に行くことにしたので浮子が来ることはない、と無表情で報告した。

京都に重要な用事ができたと書いて出してしまったが、高校生の陽太はこれまで大事な用事ができたことなどなかった。修学旅行の計画委員代表に選ばれたから下見に行くという言い訳はどうか。同じ高校の同級生に浮子の友達がいるので、これはばれてしまう可能性が大きい。最近仏教に凝っているからある寺を観に行きたいというのはどうだろう。いっしょに行くと言われそうだ。そもそも宇治に行く気がない自分に陽太は気がついた。この話はこちらから破談に持っていくしかない。最後の手紙を書くのには時間がかかるかと思っていたが、何も考えずにすらすら書くことができた。まるでこれまで書いた手紙はすべて、この手紙を書くための準備だったような気がした。

「実は僕には最近好きな人ができて、それ以外のことを考えることができない。本当にすまないと思っている。驚くかもしれないがその人は輪田という名で、しかも男性なので、このことはまだ秘密にしている。」

輪田という名前は廊下に貼り出された作文の名前から頂戴した。サルトルについて書いているその作文は陽太の目には未熟に映った。難しい漢語を頼りない助詞で繋げていくだけで、書き手の声が聞こえてこない文章だ。そう言えばいつだったか、図書館で声をかけてきた奴がいたが、そいつが輪田と名乗っていたような気がする。名前を使わせてもらったのは悪いと思うが、自分は女性に興味が持てないということを手っ取り早く説明するにはこのお伽噺《とぎばなし》が最適だ。

それっきり、浮子からは手紙が来なかった。


という筋の小説を書いて陽太は全国学生小説コンクールの恋愛小説部門に応募し、佳作に入った。浮子とか輪田という名前は作品内では別の名前に変えてあった。浮子と高校一年生の時に親戚の葬式で逢って、山の中を二人で歩いているうちに、どういうわけか接吻に至ったことがあり、「手紙書くから」と言って陽太が逃げたところまでは事実だったが、それから陽太は一通も手紙を書かなかった。やがて浮子はアメリカに留学し、また実家に戻ったと聞いていた。

「え、君かい？　ほんとに君？」と間の抜けた質問をぶつけ、陽太は酔っぱらいのように目を細めて上半身をゆっくり左右に揺すった。「何、言ってるのよ、よそよそしい。昨日また手紙くれたばかりでしょう」と言って浮子はふくれて見せた。「あなた、この店、よく来るの？」「同窓会の二次会なんだ」と答えながらも陽太は自分が酔っているか、夢を見ているか、酔っている夢をみているか、いずれにしても、はずれてしまっているのだろうと思った。浮子に手紙なんか書いたことはないぞ、あれは小説の中でのことだ。いや、小説の中でさえ文通は途絶えたことになっているのだ。昨日くれた手紙というのは一体なんのことだ。それとも浮子はあの学生小説にひっかけて、からかっているんだろうか。それ以外、考えられない。陽太は操り人形のようにばたんと腰を折って謝った。「悪い。謝るよ。モデルに使って悪かった。あの学生小説のことは忘れてくれ。」「学生小説って何?」「僕が学生小説コンクールで佳作に入ったデビュー作だよ。」「ごめん。読んでないの。アメリカにいたから。どんな作品なの? それから、今、新作を連載しているんですってね。それも読んでない。ごめんね。うちは、とっている新聞が違うの。でもあなたからの手紙を読むだけで読書量は充分過ぎるくらいだから。」浮子は冗談を言っているようには見えない。とすると誰かがいたずらで陽太の名前をつかって浮子に手紙を書いているのだ。「僕は君には手紙なんて一通も書いてないよ。誰かが僕の名前を使って手紙を書いて君をだましているんだ。」浮子の顔に浮かんでいたほのかな微笑がみるみる引いていった。「一体、いつから手紙もらい始めたんだい?」「半年くらい前からかな。」「全部で何通くらいもらったんだい?」「さあ、十通以上あると思うけれど。」「それで手紙には何て書いてある?」「新しくできた恋人ののろけ話。舟子さんっていう人のことがくわしく書いてあるわ。」「舟子?」

浮子はメニューをひらいて赤ワインを頼み、陽太に「あなたも何か頼めば? 脳が乾燥し過ぎないように」と言った。陽太はメニューに視線をすべらせ、アブソルートという言葉に励まされ、アブソルートウォッカを注文した。それから空いていた席に崩れるようにすわると、隣にすぐ浮子が来て、「本当にあなたが書いたんじゃないの」と訊いてきた。「違うに決まっているだろう。一体どんなことが書いてあったんだい。」「舟子さんという人には娘さんが一人いるとか、舟子さんは何でも知っている人で、他人の家のバルコニーに咲くどんな花を指さしても名前や自生地を知っているし、どの会社の靴下が一番長持ちするかということとか、ターメリックやシナモンがどうして身体にいいかってことも知ってる、とか。でもね、その人、あなたの妄想に過ぎないんじゃない？実際にはいないんでしょう、そんな人。なんとなく、あなたのフィクションのにおいがするんだけれど、違う？」唖然《あぜん》として浮子の話を聞いていた陽太はそう言われて、新たな衝撃を受け、「舟子は実際には存在しないって言うのか。」「そうよ。だって、あなた小説家でしょ。人物一人つくりだすくらい朝飯前じゃないの？」「朝飯は滅多に食べないんだ。」「それじゃあ朝飯抜きでも舟子さん一人くらいつくれるのね。」「つくったんじゃない。舟子は実際に存在する。ターメリックとかシナモンとかそういうディテールがちゃんとあるじゃないか。」「それじゃあ、手紙を書いたことは認めるのね。」「手紙なんか一通も書いてない。」

　頭蓋骨を針金でぐるぐる巻きにされたような痛みを感じて、陽太は頭を抱えた。いつだったか、舟子に学生小説コンクールの話をしたことがあった。いとこの浮子をモデルにしたことも話した。陽太の友達には関心を持たない舟子が、浮子のことだけは気になるようでくわしく知りたがった。浮子の父親、つまり陽太の叔父が小説家だと知ると、叔父の書いた小説をわざわざ買って読み、ファンレターを出したいと言うので住所を教えた。

手の甲で目を強くこすってからあらためて目を開けると、浮子の姿は消えていて、核輝君の顔がすぐ隣にあった。「お前、まだ俺の名字、思い出せないんだろ。いい加減に白状しろよ。俺だって高校生の時にはサルトルとか読んでいたんだぞ。クラスは同じじゃなかったけれどお前の噂を聞いて、一度図書館で待ち伏せして、声をかけたこともある。それでちょっと話をしたじゃないか。覚えてないのか。まあ、いいや。」あの時、図書館に窓から光が一筋さしこみ、その部分だけ埃《ほこり》が無数に浮遊しているのが見えたことを陽太はふいに思い出した。詰め襟の真っ黒な布地が目の前をふさぎ、前に進めなくなった。おそるおそる顔を上げると太い眉毛があった。陽太は、はっとした。そうだ、あの時ちょっと話をした。何を話したかは覚えていないが、輪田という名前だと言っていた。一度耳に入ると忘れられない名字で、それから何週間も「わ」のつく言葉や地名を聞く度に、輪田という名字が浮かんできて困った。ある日、そいつが書いた作文が他の優秀作に混ざって学校の廊下に貼り出されていた。読んでみると文章が未熟だったんで、ちょっと安心したことも思い出した。

「輪田」と陽太は大声で呼んだ。店内が瞬時しんとなり、まわりの人たちが一斉に陽太の方を見たが、輪田の姿はすでにそこにはなかった。

鼻の虫

わたしが初めてあの虫の存在を意識するようになったのは、学生時代にドレスデンに旅行したおり、衛生博物館に足を運んだのがきっかけだった。その時たまたま、かなり風変わりな展示をやっていて、それは一口で言えば、「体の中の異物」についての展示だったが、わたしが改めて驚いたのは、「異物」(Fremdkörper)という単語の中にも「体」(Körper)という単語が含まれていることだった。

親指の先くらいの小さな色づいた石がそれぞれ綿の座布団にすわって、ガラスケースの中に並んでいた。それはみな胆石だという説明を読んで小石をのむように唾をごっくんとのみ、すり足で前を通り過ぎた。隣のガラスケースの中には指輪やブローチが並んでいる。しばらくぼんやり眺めていたが、そのうち、また唾をのむ。それは宝石ではなくて、胆石を使った装身具なのだった。あるスイスのコレクターが百年ほど前に作らせたものだと書いてある。

胆石は、外部から身体の中に入ってくるわけではない。我が身からにじみ出た汁が固まってできるのだろうから、異物であって異物でない。自分の一部が意固地に固まってしまうと、まわりの器官と交流できなくなり、孤立して痛み出す。それが異物なら、異物とは特定のモノではなく、ある関係をさすのではないかとも思う。

胆石というのはかなり痛いものらしい。それは実際に胆石を経験したことのある人が「胆石」(Gallenstein)と言う時に顔をゆがめる、そのゆがみのきつさから計り知ることができる。胆石を使って装身具を作らせることを生き甲斐にしたコレクターは、痛みを物体にして永久に保存する方法を追い求めていたのか、それとも過ぎ去った痛みを指輪にして、恋人の指を締め付けてみたかっただけなのか。胆石は美しいが、赤と言ってもルビーの赤ではなく、鬱々《うつうつ》とした瘡蓋《かさぶた》の赤で、奥に泥っぽい何かが淀んでいる。青緑色の石はトルコ石と似ているようで似ていない。曇り日に岸に打ち上げられて乾ききって忘れられた海藻の色をしている。

異物が悪玉であるとは限らない。身体にとっては異物であっても、義足、ガラス製の目玉、入れ歯のように人を助けてくれる異物も多い。食べ物だって口に入れる時には異物なのだから、必ずしも異物は取り除かなければいけないというわけではなく、むしろ異物なしには生きられないのが生命体の特徴かもしれない。

次の部屋には寄生虫についての展示がかなりあったが、わたしは急に空腹に胃をつかまれたようになって博物館を出た。寄生虫の写真や模型を見て、吐き気を催すのでなく空腹を覚えるというのも今になって振り返ってみると奇妙なことだった。人間の身体の中に住み着いて、入ってくる栄養をどんどん食べてしまう寄生虫もいる。雌の身体の方が住みやすいので、哺乳類の雄の赤ん坊の生殖器を内側から食べていってしまう寄生虫もいる。

展覧会場を出ると青く磨き上げたような蒼空をほつれた雲たちが心細げに流れていくのが見えた。

展示物の中では胆石が一番面白かったとその日には思ったが、年月がたつにつれて記憶の表面に痣《あざ》のように鮮やかに浮かび上がってきたのは「鼻の虫」だった。この虫は人間の鼻毛の間で暮らしている半透明の虫で、顕微鏡で見なければ見えないくらい小さい。鼻水と鼻くそから充分栄養を取ることができるので、餌を探しに外に出る必要がない。暖かく湿った人間の鼻の中という理想的な住処《すみか》を見つけて以来、人間の鼻の中に引きこもってしまって、それ以外の場所で暮らしたことがない。それはもしかしたらもう一万年以上もそうだったのかもしれないと書いてある。いろいろな時代のいろいろな鼻があっただろう。外で寝起きした原始人の鼻毛はうっそうと茂っていただろう。ローマの戦士の鼻息は荒かったかもしれないし、比較的温暖なイギリスからアメリカ東海岸に移り住んだピューリタンの鼻の中で凍え死んでいった虫もいただろう。水中に長くとどまって貝を探す日本の海女《あま》の鼻の中で溺《おぼ》れ死に、プランクトンといっしょに魚の餌になっていった虫もいたかもしれない。しかし大抵の場合、鼻の虫は生き残ることができる。人間が貧しくなったくらいでは、どうということもない。失業して家を失い、家族を失っても、鼻の中にはこの虫に与えてやれるくらいの余裕があるのが人間というものである。

この虫は鼻の中だけですべて用が足りてしまうので外に出る必要は全くない。それでも退屈なのか、人間が眠っている間に外に這い出て来て、鼻の下から、唇の上あたりを散歩するらしい。拡大写真があった。前の二本の脚をあげて、壁に沿って歩いていくところを写したもので、説明を読んで初めて、その壁のようなものは人間の鼻の下に生えた一本の産毛の側面のほんの一部であることが分かった。

この虫は、あまり遠くへ行って迷子になっては困ると思っているのか、額とか耳のあたりまで遠出することはないらしい。上唇より先には行かないので、口の中に入ってくることもない。人間に食べられてしまったら大変である。人間の立場からすれば、間違って食べてしまったとしてもどうということはない。この虫は毒にも薬にもならない。これまでほとんど研究されていないのはそういう理由かららしい。わたしたちはお互いのことをほとんど知ろうとしないまま、何千何万年もの間、共存してきたことになる。

わたしの家の扉は内側にひらく。ひらいた途端に、ひんやりした海の湿り気を含んだ風がぶしつけに吹き込んできて、扉が額に当たりそうになる。あわてて手で押さえ、外に出て閉めようとしても、風のせいで扉はなかなか閉まらない。空気たちの群れがわたしの家の中に流れ込んでいく。入りたいなら入りなさい。

毎朝外に出て、風と戦いながら鍵をしめて顔をあげると、霧の中をゆっくりとバスが近づいてくる。この家に越して来た日には道路には何もなかったのに、翌朝起きて外に出ると、家の前にバス停ができていた。発着時刻は書いてなかったが、バスはすぐに来た。翌朝もその翌朝もそうだった。同じ時間に外に出るわけではないのに、家の鍵をかけて顔をあげると、かならず遠くからゆっくりバスが近づいてくるのが見える。

後ろのドアが開くと、わたしは迷わず乗り込む。バスはすぐに走り出し、わたしはよろけながら一番奥の席まで歩いていく。途中にも時々バス停があるが、待っている人はいない。死に絶えた海辺の町。このバスはわたしだけを乗せて終点までとまらない。

この工場でわたしが一番関心を持っている部署は実は一番奥にあり、そこには一度しか足を踏み入れたことがない。閉じていなければいけないはずの自動扉がその日は故障していたのか開いたままになっていたので、わたしは奥に迷い込んでしまったのだが、入ったのはその時一度きりで、それ以来、扉が開いているのを見たことがない。

箱形に固められた赤黒い塊がベルトコンベアーに載って押し出されてきて真ん中の手術台の上に固定されると、横から電気ノコギリの歯が回転しながら、ハムを切る機械と同じ要領でパラフィン紙のように薄いシートを一枚ずつ切り離していく。はらりと落ちる薄い膜は、脂身の多い牛肉のように赤に霜が降って綺麗な模様を描いている。ちょっと熱を加えたらすぐに溶けて消えてしまいそうなくらい薄くて脂っこいこの膜は「包装紙」と呼ばれる。

包装紙は籠の中に落ち、その籠は包装部に送られる。この職場に入って初めの頃は、携帯電話をこの包装紙で包む仕事を、行なっていた。コロッケなら分かるが生携帯電話をどうしてそのような油紙で包んで出荷するのか、初めのうちはその理由が知りたいと思ったこともあったが、何日か作業をしているうちに理由を考えるのはやめてしまった。包んだらシールでとめて、そのまま足下に置いた箱に詰める。箱が一杯になったら、ふたは閉めないでそのまま、部屋の奥にある別のベルトに載せる。

ある日、わたしといっしょに仕事をしていた女性たちはすべて解雇され、別の女性たちが職場に入って来たが、わたしだけはなぜか解雇されず、課長に昇進した。ガラスの壁の向こう側から彼女らの作業の安全を管理するのが新しい役目である。あなたは今日から管理職につくのだから、もう労働者ではない、と通知書に書いてあった。それまで自分が労働者だったということをこの時初めて知って驚いた。

労働者だった時には気がつかなかったが、包装部の背後の少し高いところにガラス窓があって、その後ろに小さなスタジオがある。高校生の頃、演劇祭の時に音響照明係を引き受け、似たようなところにすわって、そこから舞台と観客を見下ろしていた覚えがある。将来は国の放送局に就職したいと人に話したこともあった。

ベルトコンベアーの前に並んで作業する女たちの背中を睨み、腕の動きを観察する。管理職になったわたしは彼女らの包装作業を見守り、誰かがたとえば目眩がして床にすわりこんでしまったりしたら、ベルトコンベアーの流れを遅くする。みんなの調子がよくて作業がはかどり女たちが手を休めることが増えたら、スピードを速くする。速度を変えるレバーは一番左にあり、その隣に並ぶ三つのレバーは何のためにあるのか分からない。その下には緑のボタンが並んでいて、一番右は流れを完全にとめるためのボタンだが、よほどのことがない限り、とめるのではなくてスピードを最小限にとどめるだけにするように言われていた。他の緑のボタンの機能は分からない。作業を完全にとめた場合に再起動するためのボタンというのはないらしい。正面にはメーターが三つあって、どれかが百以上の数値を示したら、すぐに左下にある大きな赤い四角いボタンを押して、中央司令室に報告するのもわたしの役目だった。メーターは温度、湿度、酸素などを測るものだそうで、百を超えたからと言って別に命に別状があるものではないが、百を「健康可能性」の最大値に定めて計算しているという話だった。「健康可能性」という言葉を聞くのは初めてだった。

働く女たちを後ろから見ていると、いじめたい、苦しめたい、奴隷にしてみたいという気持ちがふっと湧いてくることがある。自分がベルトコンベアーの前にすわっていた時には思ってもみなかったことだった。多分、隔離されたところから背中だけ見ているのがいけないのだと思う。

右手上方には文字盤が赤い時計がはめこまれていて、一時間に一度、けたたましく鳴り響く。鳴る寸前にぱっと赤い色が冴えるので鳴るな、と思うと鳴る。わたしはあわてないように自分に言い聞かせながら席を立ち、転げ落ちないように緊張して階段を降り、梱包部という名前のついた部屋に入る。どういうわけか、この階段は一段降りる度に心臓の鼓動が速まっていく。

梱包部という名前のついた空間には、窓がない。わたしの使う自動扉の他には、包まれた携帯の入った箱がベルトコンベアーに載って出てくる口があるだけだ。人間は働いていない。箱は重さを量られ、蓋をされて、黄色いテープを貼られて外へ送り出される。わたしは箱がちゃんと流れていくか、無人作業のその部屋に異変が起こっていないか点検する。ここで行なわれていることは、すべて中央司令室のモニターに映っているはずなのに、わたしが自分の目で確認しなければならない。それは法律でそう決まっているからだそうだ。モニターで点検するだけでは、モニターに仕掛けをされた場合、簡単に騙されてしまう。

梱包部の雰囲気はおかしい。どう言ったらいいのか分からないが、何もない空中で大きな化け物が呼吸しているように感じられ、その化け物が何か大きな声でしゃべっているのに人間であるわたしの耳には聞こえない。化け物が怖いのではなく、化け物が大切なことを教えてくれているのにその声が全く聞こえない自分の鼓膜が怖い。毎回なるべく早く点検を切り上げ、自分の部署に戻るとほっとする。

わたし自身が携帯を実際に包装紙で包む労働者だった頃には、携帯と言えばほとんどみな、煙草の箱くらいの大きさの四角い物体だった。そのうち、もう少し大きめで薄い形のものが流行りだしたが、どれも四角くて硬かった。いつからか、「やさしさ」ということがしきりと囁《ささや》かれるようになり、手袋や帽子の形をした携帯電話が流行りだした。手袋をつけた右手を口の前に持ってきて、左手を耳に当てて電話する女の子のポスターが町中に貼り出された。それを見て噴き出したのは、わたしだけだったかもしれない。野球帽や婦人用の古風な帽子に携帯機能のついたものも一時流行った。わたしはその頃、黄色い毛糸の帽子を海辺で拾った。砂をはらって被ってみると、耳たぶが温まり、声が聞こえてきた。もしもし、元気？　今、何してるの？　え、バイト？　昼じゃなかったの？　深夜にまわされたの？　お客いるの？　自分が誰かとしゃべっているところを想像しているのか、それとも誰かがわたしとしゃべっているつもりになっているのか、それとも誰かと電話でつながっていて本当にしゃべっているのか、わけが分からなくなってきた。帽子の編み目を一つ一つ丹念に調べてみたが、チップが埋め込まれているようすもない。

就職が決まってすぐにこれまで住んだことのない海辺の町に引っ越してきた。以前はコンピューターの中に五百人近くも友達が住んでいたのに、ここに就職が決まった途端にみんなに友情を拒まれた。理由を尋ねても返事は来ない。

朝、眼が醒めてもすぐには起き上がらないでゆっくり肩をゆすったり足を伸ばしたりしているのは、鼻の虫が鼻の中に戻れるようにと配慮してのことだ。あわてて脚を滑らして顔からころげ落ちて死んでしまっては可哀想だ。就職が決まって、住居まであてがわれ、この町に引っ越してきた時はほっとしたが、二週間もすると、猫を飼ってみたい、文鳥を飼ってみたいという気持ちがこみ上げてきて、いてもたってもいられなくなってきた。誰に相談したらいいのか分からない。そう言えば、この町では動物を見かけない。道を猫が歩いているのを見たことはないし、犬の散歩をしている人もいない。海があるのに、鷗《かもめ》さえ飛んでいない。ここで動物を飼うことなどどう考えても無理だという気がする。その時、急に、昔ドレスデンの衛生博物館で見た寄生虫の展示を思い出した。自分も鼻の虫を飼っているに違いないと思うと、目の前が明るくなって、久しぶりで笑いがこみあげてきた。

朝眼が醒めたらまずこの虫のことを考えるようにしている。鼻の虫が鼻の中に戻ったのを確認することはできないが、だいたいもういいだろうという頃合いをみはからって、くるっと身体をまるめて起き上がり、頭をもしゃもしゃっとかき乱す。起きたら髪を梳《と》かすようにと言われて育ったが、かき乱した方が見かけもいいし、脳も活性化される。鏡の中では歯磨き粉の雪が降っている。蛇口を一杯にひねっても水はちょろちょろと細く流れるだけだ。歯を磨きながら、歯ブラシのプラスチックの緑がハロゲンランプに照らされてきらきら光るのにしばらく見とれている。幼稚園児の頃にプラスチックというものがどれほど美しく見えたかを思い出した。あの時代はもっとこういう色の製品が多かったのに、世の中がどんどん金持ちになっていくと、周りの事物にはくすんだ色の物が増えた。わたし自身は原色が好きなのに、友達に脅されて糞尿色のイタリア製高級バッグや灰かぶり姫風のスーツを買ったこともあったが、安いプラスチックの派手な緑色、青色、赤色は記憶のどこかで輝き続け、今この歯ブラシに戻ってきた。

こんなさびれた町でも、探して歩けば繁華街や映画館もあるのかもしれない。昔は港があったに違いないから、その近くには「いんしょく」店が並んでいたような場所があるのではないか、などとバスに揺られながらふっと思ったこともある。いつもこんなに霧が深くなければ、この辺一帯を見渡して、どちらの方向に行ってみたいか自分なりに見当をつけることもできるだろうに、これでは自分の内側を見ているのか外側を見ているのかそれさえ分からない。

仕事が終わって家に帰るとぐったり疲れが出て、身体の中がからっぽで、何か入れたいのに何も食べる気がしない。今は使われなくなった食品名を思い出すことでどうにか昔持っていた食欲を取り戻そうと思って、「マカロニ」とか「ライスカレー」とか下手なカタカナで大きく空中に書いてみる。カタカナがだめなら漢字で行こうと思って次には、「麻婆豆腐《マーボー》」とか「雲呑《ワンタン》」とか書いてみる。だんだん食欲のようなものが湧いてくるがひょっとしたらそれは文字欲にすぎないかもしれない。実際に一匙《さじ》のお粥《かゆ》を口の前まで持って行くと、もうそれだけでかすかな吐き気がして、口を開くことができない。そのまま寝間着に着替えることもなく、寝床にばったり倒れ、身体をまるめ、眼を閉じて、脳の中をぐるっと点検してまわる。何か忘れていることはないか。鼻から這い出してくる虫のことを思い出し、ふっと口元がゆるんで微笑みさえ浮かんできそうになって、別に今日ご飯が食べられなくても平気だ、と思えてくる。わたしの鼻の中には一体何匹くらい鼻の虫が住んでいるのか知らないけれど、たとえ一匹でもいい。

わたしは眠りの中でその虫に身体全体を提供する。鼻毛という湿った樹木を、鼻の穴という洞窟を、鼻息という突風を、鼻の頭という恥丘を、鼻の下という淫猥な想いを。唇は許さない。虫には溺れ死んだり嚙み殺されたりしないでほしい。わたしが眠りの国に旅立ち、不在の間、わたしの身体を使って遊ぶ眼に見えない友達のことを楽しく想い浮かべる。遊び疲れると友達はわたしの分泌物のお粥を美味そうにすすり、満腹し手脚が温まると、鼻毛にしがみついて深い眠りにつく。

物を食べる時、吐き気がしなくなったらどんなにほっとするだろう。もし朝起きてあの工場に行かないでもすむなら、どんなに楽だろう。たった一日でいいから出勤するのはやめて、昔この近くを通っていたに違いない電車という乗り物にふらりと乗って、窓ガラスに額を押しつけたまま、終点駅まで揺られ、海から遠く離れた里に行き着けたら。そこは、しおからい風など吹いたことさえない。甘い蜜のにおいのする植物に囲まれて眼を閉じて深く息を吸う。ああ、この香りは、どこかにもう一つの魂が存在している、そういう香りだ。極端に大きさが違うというだけの理由でお互いのことを忘れあって生きている生き物たちの香りだ。寄生虫と人間は共存している。虫にとってはわたしはこのような身体全体として存在するわけではない。でもわたしにとっては、虫はそこにいるのだ。一度彼岸花を眼にしてしまったら、夢幻に墓場を訪れる度にその花を無視することができないのと同じで、一度博物館に足を踏み入れた者はもう眼には見えない寄生虫を見て見ぬふりをすることはできない。

その朝、いつものように外に出ると、いつものように霧の中をバスが近づいてくる。いつものようにバスがとまって後ろの戸がひらいてもわたしは乗らずに、逆の方向に向かってゆっくりと歩き始める。

ミス転換の不思議な赤

ああああああああああっと最大限の音量で叫ぶ緋雁《ひかり》の顔球がわたしの視界に左から突っ込んできた。体育の授業の始まる前のわずかな時間を利用して、わたしはすぐ左隣の椅子にすわった玲奈とあるデキゴトについて夢中で話していて、その向こうの椅子に緋雁がすわっていることにさえその瞬間まで気づかなかった。

入り口に近い壁に沿っていつものように灰色の折りたたみ椅子がいくつか並べてあった。体育館に入った瞬間、向こうの方でバスケットボールの練習を始めている級友たちの姿が目に入ったことは覚えているが、その時、椅子には誰もすわっていなかったように記憶している。緋雁はいつの間に来ていたのだろう。

玲奈とあの話を始めると、わたしには玲奈しか見えなくなった。いつもの癖だ。一人の友達と話し始めると、まわりの世界が消えて自分とその人だけになってしまう。特にあの話をしている時には緋雁を仲間に入れたくない、玲奈と二人だけで話していたい、という気持ちがどこかにあって、自分でも気がつかないうちに緋雁を視界から消してしまったのかもしれない。

緋雁はそれに気づいて、消されてたまるかと大声で抗議し始めたのだ、と咄嗟に思った。ところが大声で叫んでいる緋雁の顔にはそんな主張は表れていなかった。どんな表情も表れていなかった。よほど大きな感情に突き動かされなければ、ここまでハメを外して大声で叫ぶことはできないはずなのに、その顔には感情らしいものは何も見あたらなかった。眼が大きく見開かれ、口が喇叭《ラッパ》になっている。神のような宇宙人が緋雁から顔を奪い取り、それをカボチャのように内側からナイフでくりぬいてからっぽにして楽器に作り替えてしまい、得意になって演奏している。わたしは緋雁が叫び始めてから最初の一秒の間にこれだけのことを考えた。

叫びの量は全部で何グラムと初めから決まっていたのか、何秒かたつとあっけなく声は途絶え、何か眼に見えないものが緋雁の身体から不和《ふわ》っと飛び去り、上半身が頭の重さに引っ張られるように斜め前にゆっくり傾いたかとおもうと、臍《へそ》を中心に全身がねじれ、頭から床に突っ込んだ。漬け物石でも落としたような音がした。貧血で気絶する人のようにヘナヘナと倒れたのではない。頭を打たないようにという最低限の工夫を無意識にすることさえできなかったようで、物体としての頭蓋骨は自らの重みをそのまま床にたたきつけた。

バスケットボールの選手がさっと腰をかがめて手を伸ばして床すれすれのところでボールを受け取るところを思い浮かべた。それと同じように緋雁の頭を両手で受けとめる自分の姿を思い描いた。

緋雁の指先が痙攣《けいれん》した。痙攣が起こる一瞬前にわたしはそうなるだろうと思った。少なくとも後から考えるとそうだったに違いないという気がした。続いて緋雁の太股の内側が痙攣した。その震えは、いつも身体を操作している脳の死霊曲とは全く別の場所から出たようだった。操作の責任者は急に天から降ってきた何者かの手で暴力的に連れ去られてしまった。拉致された責任者をわたしは仮に「玉Cさん」と呼ぶことにした。昔の人が「魂」という言葉を考え出したのは、こんな光景を見た時だったかもしれない。ソレが身体から離れていってしまった瞬間、ソレに名前を付けたのだろう。矛盾した言い方だがあるべきところにある限り、魂は存在しないに等しい。魂の席が空席になった瞬間に魂と呼ばれる。

大抵の人は、死ぬ時に初めて離魂を経験するのだろう。ところが生きている間に何度も魂が身体を離れていってしまう人がいる。そう思うとなんだか気が落ち着いてきた。緋雁の魂は連れ去られたのではなく、慢性の家出病にかかっているだけだ。待っていれば必ずまた元気で帰ってくる。

その時、緋雁がイヤイヤでもするように微かに頭を動かし、すぐ隣に落ちていた眼鏡にふれそうになった。わたしはあわてて眼鏡を拾った。床にはガラスの破片が真夏の海岸の白い砂のように光っていた。わたしはあわてて眼鏡を光にかざして調べてみるとガラスは割れていない。ヒビさえ入っていない。ところが、眼鏡を光にかざして調べてみるとガラスは割れていない。ヒビさえ入っていない。フレームが背中でねじあげられた腕みたいにとんでもない方向に曲がっているが、割れて取れてしまった部分はないようだ。フレームのねじれのせいで眼鏡はなかなかうまい具合に手の平に収まらない。

手に血がついていることに気がついた。濃い赤がべったりついているのではなく、灰色がかった鬱々とした赤がうっすらと笑っていた。わたしの好きな色ではないし、緋雁も油絵を描く時にこんな色は使わないだろう。フレームが深い紅色だったので血がベッタリついていることにすぐには気がつかなかった。

わたしは眼鏡をどこかに置こうと思って棚でもないかとまわりを見回した。振り向くと、思いがけないほど近くに立っていた玲奈が汚い物でも避けるようにさっと身を引いた。近寄るなという信号を送られれば誰でも錨を感じる。かっとして、しかも逃してたまるかと、尖った錨を投げつけたくなる。わたしはそんな感情を玲奈に対して持ったことをすぐに後悔して引っ込めた。

うつむくと、血によごれた手の中にある緋雁の眼鏡に愛しさを感じた。眼鏡が木から落ちて骨折した小鳥のように見える。置き去りにしてはいけない。いつの間にか玲奈より緋雁の味方になってしまったわたしは眼鏡を胃の高さに持ったまま、その場を去った。

血まみれの眼鏡を手にしてこっそり逃げるわたしは殺人犯のように見えたかもしれない。もちろん人を殺した記憶はない。記憶がないのは記憶が断絶されているからで、時間の連続性はわたしの意識の連続性によってではなく、さっき手の中にあった物質が今も手の中にあるという事実によって証明される。もちろん、それだけでは証拠として不充分である。血が流れたのはわたしの責任であるということは最後まで実証されないだろう。そう思うと、喜んでもいいはずなのに、情けないような後ろめたいような気持ちがまとわりついてくる。わたしは自分で自分を騙している。どう騙しているのかがはっきりしないので正直になれない。

手についた血を見て、自分があたかも計画殺人の犯人であるかのように思い込んでしまうのも自意識過剰の一つのあらわれだろう。特別な存在でありたいという焦り、ありもしない過去を土台に現在を打ち立てようとする幼稚な試み。自分が実は全く無力で、次の瞬間どうなるのか予想もつかない場所に置き去りにされているのだということを認められない臆病さ。すべては自分が計画していたことなのだ、どんな喪失も崩壊も実は自分が長い時間をかけて計画し、実行した結果なのだ、と言い張ることで自分に何かを操作するだけの力があるのだと思い込もうとする。

わたしには何かを計画する余裕など全くなかった。無計画であったことはもちろんのこと、何かが起こるかもしれないという予感を感じる能力さえなく、手ぶらで体育館にやってきた。玲奈と顔をあわせると、すぐにあの話になった。特にあの話をしようという気持ちがあったわけでなく、話題が勝手にわたしたちの脳をむずっと摑《つか》んでしまったのだ。おしゃべりをしていたのはわたしたちの口ではなく、話題そのものだ。だから会話がこのような形で中断されるなどとは思ってもみなかった。

緋雁は床に倒れていて、わたしは血まみれの眼鏡を手に、ある密室に向かって歩いている。そういう現在を押しつけられていることに耐えられなくなり、せめて数歩でもいいから過ぎ去った時間に後戻りしたくなって、わたしはまわれ右をし、倒れている緋雁のところへ一度戻った。そこに倒れている緋雁はわたし自身でもあった。などと安易に言い切ってしまうことはできなかった。そのような傲慢が許されなかったのは、緋雁の身体の下にねじ込まれて押しつぶされている腕がそれを拒んでいたからだった。その肘のしびれと痛みを感じないわたしはあくまで傍観者に過ぎない。

わたしたちはみな、どんなに巧みに文字を練ってもそこからすべり落ちてしまう身体によっていつかは「嘘の死」と書かれた恥辱の仮面をかぶって真っ赤なスポットライトを全身に浴びる。その身体は観客には見えるが自分自身には見えない。わたしは今、観客の側にいる。だから見えている。見えている限り、倒れているのは自分だと言い張っても意味がない。

緋雁の顔の横に血の池があった。池と呼ぶのが大げさなら、水たまりと呼んでもいい。本当は、水たまりという言葉も大げさすぎる。まるく溜まった血液の広がりは硬貨一枚くらいの大きさしかなくて、わたしの中にふくらみかけた妄想と比べるとずっと小さかった。

眼鏡のフレームが刺さって、緋雁はこめかみからこれだけ血を流したのだ。そう考えると、頭蓋骨が床に叩きつけられた瞬間、人体とは異質な堅さを持つ何かが床の木材と肉の間で無理にへし曲げられるような音が聞こえたような気がしてきた。

血液はその色彩によって意味を主張していた。これくらい血液を失っても人間の身体は大丈夫だろう。もっとたくさんの量の血液をわたしたちは毎月失っていた。その度に感じるけだるい喪失感も、高校生の真っ白な木綿でできた日常を血液が染めてくれない場合に襲ってくる不安に比べればどうということもなかった。先週、玲奈はついにその不安に耐えきれなくなって、電車に一時間半も揺られて誰も知る人のいない町の産婦人科を訪れた。そして、待合室で緋雁に出くわしたというのだ。検査の結果、玲奈は何週間も胸につかえていたものが取れて流れる思いがした。生理が一時的になくなっていたのは多分バレエの練習のしすぎだろうという結論に達した医者の忠告に従って、しばらくは踊るのをやめ、夜八時に蒲団に入って部屋の明かりを消し、三度の食事を欠かさないようにしていると、月のモノはまた降りてきた。そんな話を玲奈はわたしにしてくれた。一つだけ解けなかった疑問は、なぜ緋雁が産婦人科にいたのかということだった。性に関してはかなり遅咲きであるように見える緋雁だが、実は最近不思議な噂があった。緋雁はすでに結婚することが決まっているというのだ。更に緋雁が雛人形のような顔をした二十歳前後の男性と腕を組んで夜の街を歩いているのを目撃したという級友もいた。そんな噂を念頭に置いて緋雁を見ると、腰つきに怪しげなところがある。歩行には不要なはずの腰の前後運動が予想外の瞬間にあらわれる。まるで腰に見えない縄が巻き付けられていて、それが時々引っ張られるような感じだ。

体育の授業の始まるのを待っていた級友たちがいつの間にか駆け寄ってきて、射殺されたアザラシのように床に倒れている緋雁を取り囲んだ。学級委員の作本さんが「救急車、呼んでくる」という言葉を残して輪を抜け、更衣室の方向に走っていった。ロッカーの中にしまった携帯電話からかけるつもりなのだろう。緋雁はそれに応えるように低い力強い鼾《いびき》を三回かいた。祖母の飼っていた三毛猫が老衰で息を引き取る前にこれと似た低い太い鼾を三回かいたことを思い出した。それはもうその猫個人の出す音ではなく、すぐ側で待ち構えている未知の存在が出す音のように聞こえた。

その時、体育の先生が駆け寄ってきた。わたしは眼鏡を握った手に力を入れ、かかとで床が確かにそこにあるのかどうか確かめながら数歩退いた。体育の先生は、しゃがむ動作一つとってみてもみんなと全然違う。無駄のない直線を描いて重心が下に落ちると、手足がそれに合わせてすっとついていく。そのことがわたしをひどく安心させた。もう大丈夫だ。先生は緋雁の脈を診たり、胸に耳を当てたりした。学級委員の作本さんが携帯電話を握ったまま戻ってきて、「救急車、すぐ来るそうです」と報告した。消防署が学校の隣にあるので本当にすぐに来るのだろう。吉村さんが真っ白なタオルを差し出すと先生が片手を皿にして緋雁の頭をそっと持ち上げて、こめかみの下にさし入れた。タオルに赤いしみがあらわれた。誰かが「舌をかまないように何か口に入れないと」と裏返った声で言った。「歯を食いしばっているから何も入らないでしょう。大丈夫よ」と先生があまりにも落ち着いた声で答えたので、もしかしたら先生も本当は不安なのでわざとそんな声を出すのかなと思った。

緋雁のそばを離れるのが不安だった。自分がいなければ緋雁が困るというわけではない。逆に緋雁のところへ意識の重心が移ってしまったら自分が独楽《こま》のように回転して最後にばったり倒れてしまうのではないかと不安だった。汗ばんだ手の平に眼鏡の感触が戻ってきた。手を洗わなければいけない。眼鏡もきれいにしなければいけない。さっきからわたしが行こうとしているのは、体育館の奥にある陰鬱なトイレだった。このトイレはある気味の悪い事件の噂があるので普段は使わないようにしている。でも他に水の出るところとなると校舎に戻るしかなく、この時は校舎がとてつもなく遠く感じられた。わたしは諦めて体育館のトイレを使うことにし、右足をひきずりながらそちらに歩いて行った。足が痛かったわけではないが、わざとそういう歩き方をすると気分が少し落ち着くのだった。

水道の蛇口を睨んでうつむいたまま、わたしは捩《よじ》れながら落ちてくる細い水にいつまでも眼鏡をさらしていた。それから、液体石鹼をぬるぬると手の甲と手の平と指の間に塗りたくった。顔を上げてはいけない。鏡の中を覗いたりしたら、そこに誰が立っているか分かったものではない。もし鏡に緋雁の顔が映っていたらと思うと肝が縮まった。先週もいつまでも石鹼を泡立てて、赤い絵の具を洗いおとしていたことを思いだした。泡が赤く染まって、よじれた透明な水に流され暗い穴に吸い込まれるように消えていった。

わたしも緋雁も美術部の部員で、先月から油絵を描いていた。緋雁は何を描いているのか話してくれなかった。わたしは自画像を描いていたのだが、それが自画像だということはまだ顧問の先生にも話していなかった。外から見た自分の顔ではなく、内側から見た顔を描きたいという野心をひそかに抱いていた。もしも顔を表面から一センチくらいの厚さで切り離して手袋のように裏返してみることができたらどうだろう。眼球の裏側、鼻の内側、喉から見た口はどんな風に見えるのだろう。そんなことを考えながらその油絵を描き始めたのだが、わたしには色や形を組み合わせて作品をつくることへの抵抗感があった。ある色である形を描いてしまってはいけない、その前の状態、つまり色や形の定まる前の状態を作品にしたい、という無茶な願いがわたしの中にあった。思考の痕跡が帯状にカンバスにあらわれると、自分で塗った色が障害物に見えてくる。それを壊すためだけに上からもっと濃い色を塗った。つまりわたしは毎日絵と向かい合う美術部員でありながら実は絵を描いているのではなく、一つの「そうではない」を次の「そうではない」で塗りつぶすという作業を繰り返しているだけだった。

体育館がさっきより広くなっているように感じられた。見上げると高いところに並んだ横長の窓の外側に鳩が数羽とまっているのが曇りガラスを通して見えた。幾筋ものリボンのような光が埃の浮遊を照らし出していた。

きれいに洗った眼鏡を持って緋雁のところに戻ると白衣の男が二人跪《ひざまず》いて透明の半球を緋雁の鼻から口にかけて押しつけていた。オレンジ色の角張ったリュックサックと担架が横に置かれている。救急車のサイレンは聞こえなかったが、いつの間にか到着していたということになる。

緋雁はほとんど眼をあけることができないまま、それでも意識は戻っているようで、わたしに名前を訊かれてちゃんと答えていた。次に日付を訊かれると黙ってしまった。

も日付は分からなかった。痛いところはあるかと訊かれると、緋雁ははっきり「ありません」と答えた。あれだけ劇的に叫んで気を失ったわりにはあっけなく意識が戻っている。緋雁は担架に乗せられ、軽々と運び去られていった。あんなに重そうに見えた身体でも救助される時には軽くなるらしい。

一息つくと先生が手をぱんぱんと叩いて、「さあさあ、バスケ、始めましょう」と言うのを聞いて、わたしは学校という場所の異様さを改めて感じた。規則を作ってみんなでボールを追いかけるわたしたちは一体どんな状況を想定して何の練習をしているのだろう。どんなにパスの練習をしても日常生活の中で突然大事なボールが飛んできたら、わたしたちはそれを受け止めることなどできないのだ。そのことはもう証明されつくしている。でも、そんなことを今先生を相手に議論する元気はなかった。わたしはすぐに立ち止まってしまう自分に鞭打《むち》ってせめて外見だけでも試合に参加しているように見せかけようとした。心臓の外壁が堅くなってしまったようでうまく呼吸ができなかった。宙を飛ぶボールが視界を横切る度にそれが緋雁の顔に見え、ボールに裂け目があらわれて裂け目が口になって叫ぶ。さっき緋雁の口から吐き出された音の高さがその度に正確に再現される。それは文句のつけようのない自然な高さの音だった。考えてみると、話をする時の緋雁はどちらかというと無理して高めの声を絞り出し、その声がいつも苦しげにかすれていた。多分、可愛子ぶって高い声を出していたわけではないだろう。お腹と喉を繋ぐ管がないので仕方なく頭上を通り過ぎる風の音を借りてしゃべっているというような声だった。ところがさっきの叫びは、腹と喉が太いパイプで直接繋がったような力強い響きを持っていた。もしかしたら、あれが緋雁の本来の声だったのかもしれない。

バスケットボールの試合はなかなか終わらなかった。わたしは、いらいらしてきた。みんな今日は調子が出ないようで、バスケットめがけて投げられたボールはことごとくリングにぶつかって跳ね返されて落ちてくる。リングにさえ触れずにだらしない曲線を描いて落ちてくることさえある。サッカーじゃあるまいし、得点はまだ二対三だ。十分たったら先生が笛をぴいっと鳴らすはずなのに笛はなかなか鳴らない。先生はぼんやりしてサッカーでもやっているつもりになってしまったのではないのか。わたしは球技はどちらかというと好きだったが、この日はすぐにでもやめてしまいたかった。練習なんて意味がない。すべてが本番なのだから。そう思った瞬間、目の前にころがってきたボールを右足で思いっきり蹴ってしまった。ボールは飛行機のように離陸して空に飛んだ。ぴいいっと笛の音が鼓膜を引き裂いた。「何してるの。サッカーじゃないのよ」と体育の先生が火のついた声で叫んだ。そんなこと分かってます。ますます腹がたってきた。球技などというものは、野蛮な時代に切り取った敵の首を仲間の間で投げあったのが起源かもしれない。わたしは球技など放りだして、人影のない散歩道をどこまでも歩いていきたかった。

　緋雁の叫び声が何度も耳に蘇ってきた。まるで絶対にその音でなければ駄目だとでもいうような確信を持って緋雁はその音に命中し、意識を失うまでその音を保った。それはわたしにとっても、その音でなければならない高さだったので、一度当たるとなかなかそれ以外のところへは行けなくなってしまうのだった。

　緋雁は転校生だった。それほど肥《ふと》っているわけではないが自分の肉をもてあましているようなところがあって、ひどく内股で、しぼんだ太股の筋肉がお腹の肉を不安げに運んでいく。肩が前のめりに胸にのしかかっているので腕は大きな円を描くことができない。緋雁を恐れている級友もいた。細い眼が分厚い眼鏡のレンズの奥で刃物のように光り、色褪《いろあ》せた乾いた唇が億劫そうに動くと、そこから吐き出される言葉は意外に静かで知恵に溢《あふ》れている。ただし愚かさが目の前にあれば容赦なく斬りつける。薄い髪の毛は静電気を引き付けやすいのかポアポアと宙に躍っているが、まるでそれがアンテナにでもなっているかのようで、言う事に変にひらめきがある。わたしはそんな緋雁を尊敬しながらも、会話はなるべく避けていた。面倒くさかったのだ。わたしは自分が陰気な性格だったので、むしろお祭りのような女の子たちと話すのが好きだった。緋雁の方は誰とも気楽に口をきくわけではなく、むしろ近づくなという眼を細めてまわりを睨んでいる。わたしを見つけると人なつこい笑いを浮かべて話したそうにしている。わたしはわざと気がつかないふりをしていた。

部活動のある火曜日には美術室が一杯になり、早めに行かないと画架を立てる場所が確保できなくなるほどだったが、それ以外の日の放課後も毎日通ってくるのは、わたしと緋雁だけだった。わたしは授業が終わるとすぐに美術室に駆け込み、窓際の一番好きな場所に陣取った。緋雁は少し遅れて部屋に入って来て、入り口の近くに椅子を置いて、しばらく退屈そうに絵の具を混ぜている。色なんて混ぜても仕方ないという気持ちが顎や肩や手首の動きからにじみ出ている。ところが一度カンバスを睨んで筆を動かし始めると顔が真剣に引きつって別人になる。もう話しかけることなどできない。たまに顔を上げて視線が合うと何秒か考えてからやっとわたしだと分かったように微笑むこともある。

わたしは緋雁といっしょに途中まで家に帰ることになるのを避けるために、いつも前触れなく作業をやめて、鞄をひっつかんで美術室を出た。それも毎日時間をずらして、緋雁がわたしが帰る時間にあわせて作業をやめて、一緒に帰ろうといいだしたりしないように細心の注意を払っていた。なぜそんな心配をしていたのか自分でも理解できない。緋雁はわたしといっしょに帰りたいなどと思ったこともなかったに違いなかった。

わたしは緋雁のカンバスをいつも裏から見つめていた。緋雁がどんな絵を描いているのか見るのが恐いような、うっとうしいような、不可解なこだわりがあって、毎日同じ部屋で作業していながらわたしはまだ一度もその絵を見たことがなかった。

緋雁がしばらく席をたって、わたし一人が部屋の中に残されたことがあった。わたしはこっそり絵を覗こうとした。ところが脚が動かない。もしかしたら緋雁はわたしの肖像画を描いているのかもしれないという途方もない妄想が湧いてきた。その絵を一度見てしまったら、もうその絵から逃れることができなくなり、毎日少しずつその絵に顔が似てくるのではないか。

美術室の奥には画架や大きなカンバスが収納されていて、そこに卵形の古い鏡が一枚かかっていた。美術の先生が骨董市で安く買ってきたもので、造られた頃は金箔が被せてあったらしい木の枠は、絡み合ういくつもの肉体の曲線から成りたっていた。初めはその鏡を覗くのが恐かったが、何度か覗いているうちに、表面の歪《ひず》みによって他人のように感じられる虚像を少しずつ飼い慣らすことができた。もし緋雁が本当にわたしの顔を描いているとしたら、その絵は飼い慣らされていない野生動物のようなもので嚙みついてくるかもしれない。

そんなことを考えているうちに緋雁がトイレから戻ってきた。すました顔をして花模様の刺繡のあるハンカチでいつまでも手を拭いている。「そんな少女趣味のハンカチは似合わない」と意地悪く言ってやったら緋雁は何と答えるだろう。「あなたこそ、今かぶっている顔、似合ってない。ここにあなたにぴったりの顔を描いてあげたから、これを仮面にして付けたら」と答えるかもしれない。自分の考えていることが急にばかばかしくなってきた。緋雁はわたしの肖像画など描いていない。わたしが自分の立っている場所からしか緋雁を見ていないから、そう思えるだけだ。自分は普通は自分の立っている場所にいるので、どうすればそれを変えることができるのか分からなかったが、少なくとも、正面に立った緋雁がわたしのいない風景を描いていると想像する練習を重ねることが大切であるような気がした。

体育館で発作の起こった一週間前、わたしはついに緋雁の描いている油絵をたっぷり鑑賞させてもらうことになった。その日の放課後、いつもより三十分くらい遅く美術室に行って戸を開けると中には誰もいなかった。緋雁が来なかったことはこれまで一度もなかったので、トイレにでも行ったのだろうと思って、油絵の具のにおいを胸いっぱいに吸いながら自分の画架のところまでゆっくり歩いて行って立ち止まった途端、胸の中がかたまって息が苦しくなった。わたしの絵が立てかけてあるはずの場所に別の絵があった。それが緋雁の絵であることはすぐに分かった。

赤紫色に照らされた大型船の腹が左手に絶壁のようにそそり立っている。船の甲板の手すりははるか上空、絵の外部にあるので見えない。絵の右手には、港の岸壁が同じように赤紫色に照らされて高く聳《そび》えている。船と岸壁に挟まれた水の区域は遠近法の法則に従って、絵の手前に向かって扇状に広がっている。逆に視線を奥に奥にと追い込んでいくと、どんどん狭くなって船体がかすかに曲線を描いているのでかろうじてできた隙間からまばゆいばかりの光線が漏れ出して、水面を七色に染めている。潜水婦が胸から上を水の外に出している。岸壁から垂れた太い綱をこともなげに握ったこの女性は、港や湖に潜って水中測定をしたり溺死体を捜したりする職業についているのだろう。この仕事に女性は少ないが、どう見てもこの人は潜水夫ではなく潜水婦だった。額のゴーグルが日の光を受けてレモン色に光っている。左右に聳える船腹と岸壁は監獄の壁のように圧迫感がある。奥から射し込んでくる太陽光線の明るさのせいで鑑賞者の眼球は破裂しそうになる。もしかしたらこの絵は破裂した後を描いているのかもしれない。血と肉の赤。怪我して流す血や口から吐き出されるどす黒い血ではない。身体の内部を朗らかに流れる血だ。普段わたしたちはその赤い色を見ることができない。もし脳味噌のどこかにほんの少し穴があいていたら見えるのかもしれない。よく見ると背後の岸壁にはしごを垂らして降りてくる小さな人影が描かれている。誰だろう。潜る人を手伝うために降りてくるのか、それとも密輸団の一員か。

美術の先生が夏休みにイタリア旅行から帰って来てこんなことを言っていたのを思い出した。「なだらかな緑の丘が続いていて近くに澄んだ湖が見える風景が一番人を安定した気分にさせてくれるということが医学的にも証明されたそうだ。昔から人類はそういう土地では生き延びやすかったのかもしれない。飲み水もあるし、魚も釣れるし、果物や野菜もよく育つ。」緋雁の描いた絵はそんな風景の正反対であるように思えた。なだらかな丘ではなく、垂直に切り立った金属製の壁が左右から迫ってきている。空はほとんど見えない。澄んだ水などは近くに見えず、汚れた港の水に身体が半分浸かってしまっている。それなのにこの絵のまき散らす気分はとても明るい。明るさなど飛び越えてしまって目眩がしてくる。奇抜な発想が次々花火のように打ち上げられる脳の祝祭。赤外線ランプのスイッチを全部入れた温室で冬のチューリップが音を立てていっせいに開く。エクスタシーに浸った思い出が泡になってぼこぼこ湧き上がってくる記憶の温泉。危険信号が壁のあちらこちらで赤く点滅している中を全速力でどこまでも走っていくが全く息切れしない。熟れきった石榴《ざくろ》が次々道路に落ちて破裂し赤い実をとび散らせる。鴉の悪戯かと思って上を見上げると、一番高い枝にとまった巨大な火の鳥が翼をひろげる。

これがわたしの脳の肖像画だったらどんなにいいだろう。こんな夢をみたことがある。険しい山が目の前に迫っていて逃げるところはなく、わたしの身体は水に浸されている。そんな風景の方がわたしは好きです、と今度美術の先生に言ってみよう。こういう風景の中で生き延びるのは大変だったでしょう。でもこういう風景を知っている人間が生き延びて妊娠し続けてきたことで文明は今あるかたちに発展してきたと言うこともできるのではないでしょうか。理屈っぽく不器用に語ることを恐れない高校生の大胆さを少しも抑えようとせずにそんな事を先生に話す自分を想像した。

　わたしの身体を濡らす水は熱くも冷たくもない。血や肉と全く同じ温度なので身体と水の間に境界線がない。水浸しでもいい。だってここは港なのだから。しかもわたしは船に乗っているわけではない。潜水婦なのだ。すべてが光に満ちている。ただし、わたしの場合、その光は内側に閉じ込められていて、風景そのものはどんより曇っている。この絵の場合は赤い輝きが外に漏れている。緋雁は意識のどこかに穴があいているのかもしれない。どんな船でもいつかは沈む。でも穴があいている船はすぐに沈んでしまう。だから修理のためにドックに入ったのだろう。穴があったら血がこぼれてしまう。穴を塞がなければ血がどんどん流れてしまう。どうにかして出血をとめないと。

　我に返るとドアのところに緋雁が立っていた。恥じらいと嘲《あざけ》りの混ざった笑いを鼻のまわりに浮かべてこちらを見ていた。わたしはあわてて目をそらして、「今日はこの場所で描きたいの？　それじゃあ場所を交換しましょう」とそっけなく言ってみた。場所だとか、画架だとか、筆だとか、絵の具だとか、美術部だとか、本当はそんなものは全部もうどうでもいいのだ。わたしは自分が絵を描いているという姿勢を取っているだけで実際は絵など描いていないことにとっくに気づいていた。

緋雁は気を失った翌日、何食わぬ顔をして登校してきた。学級委員の作本さんが「もう平気なの」と訊くと、好奇心に貫かれたたくさんの顔がいっせいに緋雁の方を向いた。わたしもその一人だった。「うん、平気。」「お医者さんは何て言ったの。」「もう平気だって言ってた。」「家で休まないでいいの？」「休まないでいいって。」会話に発展させない単発の答えばかりだった。本人から何も情報が得られないので、みんなの関心はすぐに離れていった。そのうちみんな緋雁のことなど忘れてしまったようで、この話題のにおいは教室から完全に消えてしまった。まるで何事も起こらなかったかのように。玲奈も緋雁の話はしたくないのか、わたしと二人だけになるのを避け始めた。

わたしは美術部をやめることにし、油絵の具や筆を大きな袋にざっくり入れて持ち帰った。放課後はすぐに帰宅するようになった。家で絵を描くつもりだったが、実際はもう筆に触る気になれなかった。

あの事件があってからちょうど一週間たった日、放課後こっそり体育館に行ってみた。あの話をできる友達がいないので、わたしは孤独感が肺にたまりつつあり、せめて何か痕跡が見たくて床を調べに行ったのだ。体育の授業中にはみんなに気づかれるのが嫌で、ゆっくり捜すことができなかった。授業が終わってすぐに走ってきたので、まだ運動部の連中は来ていなかった。体育館の入り口から丈の長い夕日が流れ込んで床を照らし出していた。よく調べてみるまでもなく、緋雁の頭がハンマーになって眼鏡のフレームを打ち込んだ場所がへこんで影になっているのがすぐに目に入った。わたしは近づいて、その場にしゃがんで、点字でも読むように床のへこみを指先でなぞった。出来事は物質を変化させる。平らな物を凸凹にし、真っ直ぐだったものを曲げ、冷たかったものを熱くし、白かったものを赤く染める。そう思うと脳の外部にも物体が存在するのだということが信じられるような気がしてきて少しほっとした。

穴あきエフの初恋祭り

ひらり翻るようにドアが開いて、魚籠透《ビクトル》が茶店に飛び込んできた。いつもならそのひょうたん顔を見ただけで気が滅入《めい》るところ、この日の勢いは若鹿だったので、こちらも思わずふわあっと立ちあがり、「どうかしたの?」声にはすでに「連れて行ってよ」という調子が混ざっていた。

魚籠透は、黄土色のコートのポケットに両手を深く突っ込んだまま茶色い襟巻きに押し上げられた顎を雛鳥みたいに動かして、「これから飛行場へ行くんだ、いっしょに行く?」ほのかに自慢げな、楽しげな。「飛行場? 何しに?」「那谷紗《ナターシャ》を迎えに行くんだ。彼女、今日、帰って来るから。外国でコンサートがあってね。」給仕がどこからともなく現れたが、魚籠透が腰をおろさないうちに、わたしはもう席を離れていた。

那谷紗は国境の向こう側でコンサートを開くほど有名だったのか。ギターを抱えて自分でつくった歌を歌っていることは知っていたけれど、学生のお遊びだと思いこんでいたわたしはちょっと驚いた。魚籠透と彼女が、飛行場に迎えに行くほど親しかったというのも初耳で、なんだか裏切られたような気もした。魚籠透とは、これまで何度も退屈な人生を雑巾みたいに絞りながら、喫茶店で時間をつぶしあった。那谷紗の名前は何度か出たけれど、二人が親しいという話を聞いた覚えはなかった。

「迎えに行くって、車でも買ったの？」「まさか。バスで行くんだ。」「でもそれじゃあ、迎えに行っても、かえって邪魔でしょう。」「荷物が多いんだってさ。今夜は、例の集まりがあるだろう。その時に出す食べ物なんかも買ってくるらしい。」

「例の集まり」と言われてもわたしは正直言って何のことか分からないけれど、くやしいので訊き返さなかった。「外国って、一体どこへ行ってたの？」「プラハ。」「なんだ、近場。」とんでもない遠くを想像し始めていたわたしは、その外国があまり遠くない上、「元こちら側」の世界だったのでほっとした。

飛行場行きのバスはすいていた。隣にすわった魚籠透を見ると、まるで自分自身の顔の内側に向かって楽しげに口笛を吹いているような口元。窓の外を、毒キノコや怪物みたいなマンションが通り過ぎていった。と言っても、走っているのはもちろんバスの方で、マンションは大人しく聳えていただけに過ぎない。一体いつの間に誰があんなものを建てたんだろう。しばらく空港に行かない間に、空港と市内の間の地域が巨大なお化け屋敷に変貌していた。魚籠透の腕をつつくとぷるぷるっと反応して、「何?」「あんなマンション、建っていたっけ?」「完成したのは、割に最近だけど。」「あれでもう完成しているの?」「しているらしい。」「でも何て言うか、寂しくて暗くてうすら寒いね。」「誰も住んでいないから。」

不気味なマンションの立ち並ぶ地区を抜けるとバスは空港の敷地内に入り、魚籠透はバスが停車する前にせっかちに席を立って、急ブレーキがかかると、前につんのめりそうになった。

飛行場は混雑していた。目の前は迎えに来た人たちの背中で一杯で、背伸びすれば、自動ドアが開いては閉まり、開いては閉まりしているのが見える。出てくる人の顔は半分欠けていたり、気圧でひしゃげていたり。那谷紗はなかなか出て来ない。魚籠透につられてわたしも、ありもしない水かきで宙を掻《か》きながら、つま先立ちで視線を飛ばして探していると、自動ドアがまた開いて、「あ」と魚籠透が声を上げたのと、わたしの眼球が那谷紗の姿をとらえたのが同時だった。

那谷紗は数歩前に踏み出して首を馬のように左右に動かしたが、そんな仕草が入っただけで周囲の目を引いた。魚籠透が手を振り、わたしも負けずに手を振ると、那谷紗は目をくりっと半回転させて真っ赤な唇の両端を引き上げこちらへ向かって、あゆみだす、あゆみだす。一歩また一歩と、なんだか月の上でも歩くみたいに。棺桶みたいなギターケースを右手に軽々と下げ、左側にはセントバーナードみたいな布製トランクを従えて、足取り軽く、前髪を輝かせながら、ぐいぐい近づいてきた。「やあ」と挨拶する魚籠透は、まぶしいものでも見るようにまばたきした。那谷紗は魚籠透にはほとんど関心を向けないで、好奇心に満ちた目でわたしの顔を探り見た。目と鼻と口の他に、わたし自身がまだ気づいていない器官があって、それを見られてでもいるようで恥ずかしかった。

那谷紗の部屋は、引っ越した後みたいに殺風景だった。荷物を部屋に運び入れると、「夕方六時にまた来てね。シャワー浴びて一時間くらい寝たいから」と那谷紗が言うので、わたしたちは部屋を出るしかなかった。「シャワーって、冷水シャワー？　電気とめられてるんでしょう？」と問いかける魚籠透は多分、「よかったら僕のうちのシャワーを」と言い出したかったのだろうけれど、那谷紗は取り合わずドアを閉めてしまった。

外に出てからも家の磁力をふりほどくことができないで、わたしたちはしばらく建物の荒れた外壁を見つめながら通りに立ちつくしていた。「この家、電気とめられてるの？」と訊くと、魚籠透ははっと我にかえって、「うん。建てかえのために住人を追い出そうとしているらしい。」「でも、電気とめるなんて法律違反じゃないの？」「当局は、自分たちが電気をとめさせたことは認めないらしくて、偶然壊れたということになっていて、直してほしいって訴えても、電気会社にはもう伝えた、と答えるだけで何もしてくれないらしい。」「彼女、電気なしで暮らしているの？」「彼女だけじゃなくて、あの建物に居残って頑張っている人たちはみんなそうだよ。本を読むときは蠟燭《ろうそく》だって。文字が炎といっしょに揺れるんだって。」「食事は?」「パンと果物とチーズ。火を通したものはない。」

わたしたちは、喫茶店に戻って六時まで時間をつぶすことにした。薄暗い店内に入るなり、気が滅入るような埃色の怪物が脳に覆い被さってきて、魚籠透も似たようなことを感じているのか、「僕たち、どうしていつもこういう店に入ってしまうのかなあ」とつぶやいた。これまで何度もこの店に入ったことがあるのに、急にその場がだるくなった。かと言って外に出る気力があるかと言えば、下半身が目に見えない無気力の霧に包まれて動けない。

見慣れたというか、まだ一度もちゃんと見たこともないメニューは、よく見ればビニールをぴったり被った窒息しそうな四角い薄っぺらな顔で、こんなものをメニューと呼んでいる自分が悲しい。つぶらな紫色の瞳の奥から炭酸の泡が浮かび上がってくる。「こらら、いと、こら、ぜろ。」「何のまじない、それ?」「なんでもない。ただ言ってみたくなっただけ。」魚籠透のいらだちがのりうつって、薬でもやった時みたいに写真が立体的に見え始めた。灰色でぼろぼろの血行の悪い肉。これは誰の肉? 「スラブ・バーガー、ハプスブルガー、ハンバーガー。」「え? 今、なんて言った?」「うちの祖先はハプスブルガーの権力下で、ぬくぬく暮らしていたんだ。それがいけなかったかなあ。」「それ、だいぶ昔の話とか？」

昔と言ってみたものの、こうして「こおひいはうす」で時間をつぶしているうちに百年、二百年、三百年、簡単に経っていってしまい、わたしたちは自分が幽霊になってしまったことにさえ気づかずに、漫然とコーヒーをすすり続けているのかもしれない。「こおひいはうす」というのはこの店の正式名で、もちろんキリル文字で書かれているのだけれど、口に出してみると誰かに騙されているような気になってきた。

葱《ねぎ》の腐ったようなロックを背中で聞き流しながら魚籠透も同じようなことを考えていたみたいで、「ガムでも噛んでいるみたいな感触で時間が過ぎていくね。この店、出たい気分だけど、他に行くところもないし。」「そう言えば去年、いろんな店がつぶれたね。どうしてかなあ。あの店、ほら、何て名前だっけ、犯罪のにおいのするあの大きな銀行の角を入った路地にあった感じのいい店。」「うん。」「なんでつぶれたのかなあ。」「分からない。」「普通の人間には分からないようにこっそりつぶすんだね。」「うん。」

魚籠透がふいに落っこちるみたいに黙ってしまったので、わたしの視線もメニューの上に落っこちた。カフェラッテ、らって、らって、精液のようなミルクがとろっと。にがい。甘い。まだ頼んでも飲んでもいないのに脳の隅っこできゅんと飲んで、それが、カフェオレ。おれ、おれ、おれ、と何人かの俺が変に興奮して競い合っている。候補者それぞれの値段を表す数字は、2とか3とか8とか9とかの組み合わせで、その丸い右肩を媚《こ》びるように、それでいてずうずうしく客に押しつけてくる。払えないよ、払えよ、まけてよ、などと数字と会話していても仕方がない。数字自身は自分をまけることなんかできないのだから。もっと別の誰かに話しかけなければ。でも、物の値段を決めているのって一体誰？　店長？　そう思ってあたりを見回すが、店の人間は見あたらない。トイレの隣のテーブルに背をまるめてすわっている男。窓際にすわっている顔の青ざめた女。ものすごく踵《かかと》の高いハイヒールをはいた脚はがりがりに痩せて、膝の骨がマゾヒスチックに盛り上がっている。窓の外を見れば気が落ち着くかと思えばそうでもない。そんなに寒くもないはずなのに寒そうに首をコートにもぐりこませるようにして、うつむき加減で用事ありげに人々が通り過ぎていく。みんな用事なんかないくせに用事がある振りをして。

今日は店内が埃をかぶって鬱々と見えるのは、さっき那谷紗の潑剌《はつらつ》とした姿を見てしまったからだと思う。あんなに明るいものがこの世に存在するのに、どうしてわたしたちは日陰でしおれた茄子みたいにしているんだろう。家にいるよりはまだましだというだけで、何も面白いことなんかない場所で。魚籠透も同じことを考えていたみたいで、「六時までまだかなりあるなあ」とつぶやいた。

六時少し前に、わたしたちは申し合わせたように席を立ち、店を飛び出して、那谷紗のアパートに戻った。ベルを鳴らしても誰も出ないので、そのまま裏にまわると、那谷紗は男性二人に手伝ってもらって、プラタナスの木の下に置かれたテーブルの上にパンや林檎を並べているところだった。四方を五階建ての建物に囲まれた中庭は、あの喫茶店が五軒入るくらい大きかった。その一角に材木を並べただけの低い舞台が作ってある。こんな素敵な中庭があるのに自分たちはどうしてあんな店でくすぶっていたんだろう。折りたたみの古い椅子を両脇に一脚ずつ抱えて地下室から背の高い長髪の男が出てきた。それに続いて、髪が尻まで伸びた女が両脇に同じような椅子を三脚ずつ抱えて出てきた。椅子が舞台の前に並べられていくと、集まってきた人たちの中に連帯感のようなものが生まれ始めた。まだ落としたくない葉っぱを黄色くごっそり抱えたまま、樹木たちが集まってくる若者たちを祖父母のように上から見守ってくれていた。

はらっはらっと人が集まって来る。一人で来る人もいるし、恋人と二人で来るのもいるし、三人づれ、あるいは数人でがやがや到着するのもいる。毛糸で編んだ帽子で巻き毛を隠した子、腕を剝き出しにしているのに寒そうに見えない子、眼鏡の中で睫が涼しい子。数人で輪になってそよそよしゃべっていたり、切れないナイフに全身の体重をかけて太いサラミを切っていたり、隅の椅子にすわってぼんやりしていたり。みるみるうちに数十人にふくれていった。

わたしは目の前に聳える建物の外壁をぼんやり眺めていた。この建物、肌は荒れ、髪の毛は汚れて伸び放題だが、それだけの理由で殺してしまうなんてやっぱり変。住人たちが取り壊しに反対しているのは分かる。いつの間にか、那谷紗がわたしの隣に立っていた。「あしたは、安堵零坂《アンドレイ》のお祭り行くんでしょう」と訊かれ、わたしは特に行くつもりにはしていなかったけれど、那谷紗の睫の勢いに押されて頷いた。「それじゃあ、博物館の前で十時に待ち合わせよ。」しばらくすると、魚籠透が用足しから帰ってきて「ねずみがいたよ」と報告した。わたしは那谷紗と話したことを黙っていた。

集まってきた人たちが何列かに並べられた椅子に腰掛けると、申し合わせたように夕暮れという一枚のショールが全員の肩にかぶせられた。那谷紗は、タムタムを持った男性とギターを抱えた男性を従えて、自分もギターを抱えて舞台に上がり、よく透る声で前口上を始めた。「みなさん、すわる椅子、見つかりましたか？　立っている人は、ここにまだ三席くらいあいてます。お腹が空いている人は、あそこに食べ物や飲み物があるので、自由に取ってください。今日は来てくれて本当にありがとう！　新曲をたくさん歌うつもりです。さっきプラハから帰ってきました。わたしたちと似たような問題を抱えた人たちは世界中にいると思うんですけど、でも正直言ってわたしたちの町は特にひどい状況にあるなあって外国に行く度に感じます。これからも毎週イベントを開いて、この建物を取り壊そうとしている顔のない怪物たちに負けないように頑張っていくつもりです。」ぱらぱらと起こった拍手に乗っかる形で那谷紗はギターで和音をかきならしたのはよかったが、元気のいいのは出だしだけで、前奏が終わると那谷紗が急に失恋声で歌い始めたので、みんなしんみりしてしまった。魚籠透は鼻を前に突き出して、真剣な顔で舞台を睨んでいた。次の曲は思わず腰から踊りたくなるような祭りの歌で、その次は子供の頃遊んだブランコの歌で、コンサートはゆっくりと盛り上がっていった。振り返ると遅れて来て後ろの方に立っている人たちがかなりいるようだった。

気がつくと、闇がわたしたち全員を抱きしめていた。那谷紗は見えない一点から歌を送り届け続けてきた。こんなにたくさんの人たちといっしょに暗闇の中で歌に耳をすましているというのは不思議な気持ちだった。月のない夜だった。わたしたちの暮らす地上は電気をとめられてしまえば暗く、うすら寒い。町のあかりも少しずつ消えていくのか、夜空に見えた雲の気配さえ消えていった。すると、目を閉じても、目を開けても、世界がほとんど違わないのが不思議だった。時々煙草に火をつける人がいると、その顔だけが一瞬、黄色い光に輝《て》らし出されて見えた。

那谷紗と会う約束をしたことは最後まで魚籠透には言わなかった。翌朝、博物館の前に着いて時計を見ると、約束の時間までまだ二十分もあった。博物館と言ってもこの通りの下の方に建つ一軒家を博物館に改造したもので特に大きな建物ではなかった。窓ガラスの向こうが展示棚になっていて、百年前、二百年前にこの通りに住んでいた人たちの帽子やステッキが見える他は、ごく普通の家である。

野良犬が数匹群れになって目の前を通りすぎていった。丸い石に覆われた通りは、蛇のようにうねりながら坂になって頂上の教会まで続いている。ポルシェががらがらと大きな音をたてて、牛車のようにゆっくりと坂を下りてきた。拳骨のような敷石が機械を傷めることを恐れてあんなにゆっくり移動するんだろうか。ベレー帽をかぶった歩行者がポルシェとすれ違いざまに振り返り、肩越しに唾を吐きつけた。

那谷紗がいつの間にか目の前にいた。ゆうべの歌い手らしい輝きを髪の毛や指先にきらきら残しながらも、落ち着いた雰囲気になっていた。わたしたちは並んで、石の丸みを靴底に感じながら、安堵零坂を登っていった。

がっしりした女たちの腕が、土産物を並べる台を組み立て始めている。観光客たちは昼頃から姿を現す。網に覆われて崩れかけた屋敷。「売ります」という看板と、「文化財だから売ったら法律違反だぞ」という落書き。那谷紗が溜息をついた。二百年でも三百年でも持つようにしっかり建てられた建物も世話をしてやらなければ崩れおちてしまう。そんな建物を買い取って、修復しないで崩れるに任せ、みんなに見捨てられた頃にブルドーザーで崩して、新しいビルを建てようと彼らは狙っているんだ、と那谷紗は言う。そんなことはわたしでさえ知っている。でも那谷紗と違って、そういうことを考えるのが嫌なので、何かもっと宙に身を翻して踊るような詞を、と思って、「風はどう吹くのかなあ。」「え?」「この通りはくねくねしているでしょう。風もくねくね吹く?」那谷紗は面白そうに笑ったが、この人とは話が通じないかも知れないという疑念を目尻に漂わせた。

左右に煉瓦の立派な建物が立ち並ぶ中、歯が欠けたように何もない場所が時々あって、ステレオや冷蔵庫の壊れたものが捨ててある。ゴミ捨て場になってしまったところを一カ所かたづけて野外喫茶にしている連中がいた。喫茶店と言っても、四角い箱を並べて、ポットのコーヒーをふるまっているだけ。店の名前は、「二十七個の椅子」。椅子と言ってもこれがまた黄色や緑の箱で、それが空き地だけでなく、通りにまで置いてある。通りにそういう箱が置いてあると、なんだか通りが家の中みたいに思えてほっとする。わたしは緑の箱椅子に、那谷紗は黄色い箱椅子に腰を下ろした。「ここにすわると、知らない人たちとも会話できそうだね」と那谷紗が言った。今年のお祭りはアーチストたちが参加して好きなことをする。民族衣装の刺繍をほどこしたジーンズを穿《は》いた青年がコーヒーを入れてくれて、「僕たちのプロジェクトは、椅子を置くっていうことで、つまり椅子を置くだけなんです」と説明してくれた。わたしは少し困って、「つまり椅子を置くんですね。あ、置いてありますよね、もう」と受けた。「はい、椅子を置きました。」「もう置いたのにどうして現在形で言ったんですか。」「プロジェクトだからです。今日置いたこの椅子だけでなく、これからも置くし、他の人たちにも置いて欲しい。」那谷紗がわたしの方を見て言った。「椅子が置いてあるだけで、なんだか道に対する感じ方が違う。すごい。」「うん。いつもは、この道は通り過ぎていくだけのもので、自分たちの場所って感じがしない。むしろ立ち止まっていたら危ないって感じ。マフィアに目をつけられそうで。」「そう。でも、通りは公共の場だから、わたしたち、道に椅子を置いて何時間もおしゃべりする権利、あるんだよね。」「コーヒー代さえ払えばね。」「コーヒーはただです。しかもパソコン持ってくれば無料でワイヤーレスでインターネットにアクセスできます。」「それじゃあネットばかり見て会話がなりたたないんじゃない？」「そんなことありません。それに、」と言って青年が顎で指したディスプレイには、スカイプでどこかの国の喫茶店が映っていた。「あのパソコンはいつもどこか外国の喫茶店とスカイプで繋がっていて、そこにいる人と自由に話ができるんです。チャットなどと違って、顔を見ながら話すんです。顔を見ることが大切でしょう。」

那谷紗とわたしはコーヒーを飲んで椅子から身体をあげ礼を言ってまた道に出た。歩行者専用道路ではないが、なにしろスイカやメロンを埋め込んだような敷石が車を傷める可能性があるので、車は通りたがらない。それでもこの通りを通過しなければならない理由のある一団がいることは公然の秘密になっていた。

葡萄色のベンツが一台、カタツムリみたいにゆっくりと坂を登っていった。「今度はメルセデス」と言いながら那谷紗は道の脇に寄って怒った顔で車を睨み、その怒りが赤みになって頬をほのかに染めた。その時、狐のように優雅で小柄な野良犬が飛び出してきて、その車にきゃんきゃんと細く激しく吠えついた。すると、どこからともなく顔の似た犬たちが数匹集まってきてみんなで車の後ろを半円形に囲んで吠えついた。売り物のテーブルクロスをトランクから出して並べていた前歯の欠けた女性が、それを見てにやっと濃い笑いを浮かべた。

「いつもこの通りでお土産を売っている人たちは、プロジェクトという言葉をどう思っているのかなあ。」「あの人たちも、これはお土産を売るというプロジェクトです、とか言い始めたら面白いのだけれど。生きていくためには仕方がない、とかいう台詞《せりふ》は取りあえず箪笥《たんす》にしまっておいて。」「そしたら結婚もプロジェクト?」「そう。」「住居占拠も?」「そう。」「でも一生プロジェクトをして過ごすの?」「人間ひとりの一生なんて短い。」「うん。プロジェクトの方が人生より長いかも。」

「あれ!」「え?」「ほら。」通りの向かいの石垣から白い手が十本ほど突き出している。「何、あれ?」手はどうやら石膏でできているようだ。手のひらに鳩がとまっている。時々あたりをみまわしては餌をついばんでいる。近づいてみると、手のひらの窪んだところに濃い緑色の塊が固定してあって、鳩はそれをついばんでいるのだった。「何だろうね。」「贈与って書いてある。」「どこに?」「ほら、ここに。」「君たちはいつも何か欲しがっているけれど、何か贈与しているかということです。」いつの間にか隣に立っていた老人が言った。「あなたがこれを作ったアーチストですか。」「いえ、わたしより歳が四十若い親友が作ったのです。本人は今トイレに行っています。」「この辺トイレ、あるんですか。」「ありません。だからなかなか帰って来ないんです。」「贈与って、鳩にも何かあげようということですか。」「鳩だけでない。わたしたちは雨が降ってくれるおかげで、野菜を食べることができる。しかし、君は雨に何かあげたことがありますか。」「雨に？ 恥ずかしながら、ありません。」わたしは自分が雨にどんなものを贈与することができるか、ちょっと考えてみた。

鳩は石膏でできた手のことをどう思っているんだろう。じっと見ていると、鳩が生き物で、石膏でできた手は生きていないということが納得できなくなってくる。石膏だって、石垣だってどこか生きている。那谷紗はわたしとは全然違うことを考えていたようで、「でも、なんだか鳩が平和のシンボルマークの中の鳩になってしまったみたいで変」とつぶやいた。老人はそう言われても気をそこねた様子はなく、「君たちはこの通りが東ヨーロッパで一番古い通りだということを知っていますか」と訊いた。「そういう話は聞いたことがあります。でも敷石が中世から伝わっているものだというのは嘘で、本当はソ連ロマンチシズムの産物だと叔父が言ってました。」老人はそう言われても反対せずに、淀みなく話し続けた。「君たちは、この通りが頂上にある教会と下の町に住む職人や農民や商人たちを結びつけていたことを知っていますか。」「上と下をね。今、下に住んでいるのはわたしたちですね。上に住んでいるのは誰ですか。」思わず上を見上げたわたしの目に入ったのは、いくつか先の建物の外壁にあどけなくぎこちない線で描かれた巨大なグラフィティー。鹿の絵だった。イコンと呼ぶにはマンガ風過ぎ、マンガと呼ぶにはポップアート過ぎた。那谷紗もその鹿を見ていて、まるで鹿に呼ばれでもしたように、老人に別れも告げないでいそいそと坂を登り始めた。わたしはあわてて那谷紗の後を追った。さよならくらいは言おうと思って振り返ると、老人の姿はすでになかった。

「生きた壁＝グラフィティー」と書かれた看板の横で、ひょろっと背だけ伸びてしまったような童顔の若者が三人煙草を吸っていた。照れからきているのだろう、通行人などは関係ないという冷たい表情を顔にくっつけて立っていたが那谷紗に「これあなたたちが描いたの？」と訊かれると小学校の優等生のように、「はい、そうなんです」と答えた。「何を描いたの？」「理想の市長の顔です。今度の市長がこういう人だといいなと思って。」「市長？　これ、鹿じゃないの？」「鹿です。」「なんで鹿なの？」「だってライオンとか虎とかの肉食動物が市長になったら困るでしょう。でも兎じゃ弱いし。」わたしはぷっと噴き出しそうになった。那谷紗は壁に近づいていって、相手の体温を確かめるような手つきで壁を撫で押さえた。「グラフィティーって落書きでしょう。建物に落書きするのって、ちょっと残酷でしょう？　建物の外壁は夜はひとりぼっちで声も出せないし、何をされても反抗できないんだから。」「でも僕らが落書きするのは、放置されて崩れていって取り壊されてしまう建物だけです。なおせば、まだまだ生きられるのに見捨てられた建物だけです。壁は生きているよって、それが言いたくて落書きするんです。」一人で那谷紗の質問に答えていた若者は、そう言うと、あまり吸わないうちに火が消えてしまった煙草を地面に落として丹念に靴で踏みつぶし、吸い殻を拾ってゴミ箱に入れに行った。残った二人のうち内気そうな青年が「これから丘の上に登ってみるといいですよ。五時に面白いことをやるみたいです」と教えてくれた。

通りの中程には、そこから丘のてっぺんに登れるように昔から階段が作られていて、百二十段ほど上ると、キエフの町並みが見おろせる場所に出る。いつ登っても焚き火の跡があるのは、異端者同盟が火を焚いて儀式を行なっているからだということになっている。この町は人が住み始めてから、キリスト教化されるまで何百年もの年月の間に異教の果実がかなり熟し、その痕跡がはっきり残っている。

この日丘に登るとわたしの想像していた魔女を二回りも上回るような魔女がいた。堂々とした骨格に長身、赤い髪が滝のように肩を伝って腰まで流れ、歳はまだ三十代だろうが、八十代の迫力を感じさせる。魔女というのは年齢があってないようなものなのだろう。大きな石をつなげた首飾りを何本も下げ、呪文の書かれたような麻でできた服を何枚も重ね着している。

魔女は、和紙の束のようなものを丘の縁に沿って注意深く並べているところだった。那谷紗腰をかがめる度に燃えるような髪が豊饒な肩を撫でて、大きな胸の前に落ちる。那谷紗が急に貧弱で色褪せて見えた。那谷紗自身も同じことを感じたのか、急に寂しそうに口をつぐんでしまった。わたしたちは自分自身をもてあまし、無言で丘の下の風景を見下ろしていた。まだまだあおい下草と秋に染まり始めた樹木をたどっていくと、遠くに赤い煉瓦の家並みと金色のタマネギ屋根をつけた教会が見える。少し歩いて、急斜面のある方に行ってみる。隣の丘との間にできた深い谷間には昔は野草の花が咲き乱れていたが、今はレゴで作ったようなメルヘン風の家が並んでいる。

「あの地区、ご存じですか。」いつの間にか魔女がわたしたちのすぐ後ろに立っていた。魔女は背が高いので、わたしたちが生徒で魔女が先生みたいだった。「安堵零坂を修復して歴史を残すのではお金がかかりすぎるということで、安上がりなコピーを作ってそれをお金に余裕のある方々に買っていただこうということだったみたいです。」「誰が？」「ある会社です。谷間のじめじめしたところで誰も住みたい人なんかいません。しかもあそこは自然保護指定区域で、建ててはいけないはずなのに建てても訴えられないということは、」「なるほど。上とつるんでいるんですね。」「でも高級車が何台かとまっているみたいですね。」「住人はいないけれど、ある種の会合に使っているみたいなんです。」

丘の上には少しずつ人が集まってきた。魔女は呪文をかけるように両手を大きく開いて身体をまわしながら、「みなさん、好きなのを一枚ずつ取ってください」と言った。和紙の束に描かれた不思議な占い模様を一つずつ見て行くと確かに好きなのとあまり好きでないのがあって、そのうち気に入ったのがあって指さすと那谷紗も同時に同じのを指さし、わたしたちは笑いながら手を取り合った。

和紙の束のようなものは持ち上げると、するするどこまでも伸びる。ただの和紙の束に見えたオブジェは、長さ一メートル五十センチくらいもある提灯だった。墨で描かれた黒い四角形が窓のように見えて高層ビルを思わせる。黒い四角はビルの窓だったのだ。針金で固定すると軽くてもしっかりして、底にクロスされた針金の真ん中に固定された燃料にマッチで火を付けると、ガスが提灯の中にたまって、提灯が気球になって飛んでいくらしい。「みなさん、燃料に火を付けたら、中にガスが充満するまで、二十数えてから手を離してください。」わたしも那谷紗も煙草を吸わないので、近くにいた男にマッチを借りて火を付けてしばらく押さえていた。すでに天に昇り始めている気球提灯がある。長いので空中でかなりふらふら揺れるがそれでも横に倒れて燃えてしまうことはなく、立ったまま昇っていくから不思議だ。わたしたちの気球提灯は、一度上昇してから、丘のはるか下に見える町に向かってゆっくりと降りていった。「高層ビルなんか空に飛んでいって、消えてしまえばいいんです！」と魔女が叫んだ。ああ、そういうことだったんだ。オブジェの面白さに心を奪われていたわたしはこの時やっと、魔女の政治的意図を理解した。アジアには灯籠流《とうろう》しという行事があると聞いたことがあるが、これは灯籠を川に横に流すのではなく、空に向かって縦に流すのだ。

町の人たちは白い四角いものがたくさん上空を飛んでいるのを見てどう思うだろう。メッセージのはっきりしたビラではない。宣伝のために飛ばすツェッペリンでもない。でも人の気持ちが形をなして目に見えるようになったオブジェであることだけは確かだった。ふいに手のひらが熱くなった。那谷紗がわたしの手を握っているのだった。いっしょに眺めるものが遠くにあるので、そうして並んで立っていても気まずくなかった。灯籠たちは形は同じでも飛び方が違っていた。いつまでも左右に揺れながら飛んでいくのもあれば、直立したまま自信ありげに飛んでいくのもある。とりあえずできるだけ高く上昇してから、町に向かって斜めに降りていくのもいれば、初めからあまり高いところへは行かないで、同じ高さを忍耐強く保ちながら飛んでいくのもいる。じっと見ていると飽きなかった。倒れて燃えてしまう失敗作は一つもない。一見あやうげな紙細工でも魔女の技術と経験が凝縮した作品なのだろう。

わたしと那谷紗はまだ手をつないだままだったが、このままずっと丘に立っていることはできなくて、もうすぐ町に降りていくことになる。降りる階段は暗くて不規則だから、どこかで手を離すことになってしまうだろう。でもわざと手を離さない、という遊びを考え出して降りることもできる。新しい遊びを考え出した方が勝ちだ。灯籠の縦流しだって魔女の考え出した新しい遊びじゃないか。そう思った瞬間、魔女がわたしたち二人の間に割り込んできた。「どう？　気に入った？　これから歴史学者の漠砥譜《バクトフ》さんのパフォーマンスがあるから、歴史博物館の隣の広場に行くといいわ。」わたしは魔女の顔は見ないで適当にうなずき、那谷紗の目を正面から見ていった。「階段は降りにくいけれど、手を離さないで最後まで降りられるかやってみよう。」那谷紗の顔にぱっと明かりが灯《とも》った。魔女がわたしの腕をつかんで言った。「ギャラリーがいくつか放火された事件は知っているでしょう。彼ら、アーチストの保護者を追い出したくなるとマフィアに頼んで放火してもらうらしいの。でも火の本当の使い方を知っているのはわたしたちだってこと思い知らせてやるつもり」と誇らしげに鼻の穴をふくらます魔女の顔は輝いていたが、わたしは那谷紗の手を離さなかった。

手が離れないように、自分の足元だけではなくて相手の上半身にも気をくばりながら階段を降りた。石の階段は時には傾いて、半分草に隠れ、時には土に埋もれ、藪《やぶ》に突入し、木々の根っこに邪魔されながらも、安堵零坂まで導いてくれた。「手、離れなかったね。」何か、とてつもなく偉大なことをやり遂げたように胸をふくらませ、わたしたちは手をつないだまま、もう一方の手を相手の背中にまわし、肩に顔をうずめあってじっとしていた。人の波が左右を流れていく。わたしたちは顔を上げると、その流れの一部となって、安堵零坂の不思議な傾斜と頑固な敷石を足の裏に感じながら坂を登っていった。

漠砥譜教授は教会史、特に教会建築の権威で、今は柱一本残っていない幻の中央カテドラルの詳細がすっかり頭に入っている。学生たちの尊敬を一身に集めるそのお偉い先生が運動靴をはいて、流行遅れのジョガーみたいな格好で、松明《たいまつ》を掲げて、グラウンドをよろよろと走っていく。松明を巨大な筆のように振り回す時、多分重いのだろう、腕の筋肉がぶるぶる震えているのが遠くからでも分かるが、その筆さばきは自信に満ちている。教授の目にはカテドラルの輪郭がはっきり見えていて、それを炎でできた墨でなぞっているのだ。シャッターを開けっ放しにしたカメラが三台、三脚の上から教授を見つめ続ける。松明の動きを線画として記憶に焼き付け、現像すれば、炎で描かれたカテドラルの姿が浮かび上がるのだろう。離れたところで炎のうなり声を恐れるように首を引っ込め、腕を組んで燃えながら走る線を目で追う見物客たち。那谷紗とわたしはぴったり身体をつけたまま、炎でできたカテドラルに向かって歩き始めた。「危ないですよ」と言う声が後ろから聞こえた。わたしたちは忠告には耳をかさずに、ゆっくりと同じ歩幅で歩き続けた。教授の導く松明がボロを着て踊り狂う魔女の姿に見えた。監視をしていた院生風の男が、「立ち入り禁止ですよ。危ない！」と叫んでこちらに向かって駆けてくるのが見えた。見えたけれどもすぐにスローモーションがかかり、一歩ごとに速度が落ち、一ミリ動くのにも大変な時間がかかるところまで遅くなって、院生がわたしたちの目の前に立ちはだかって前に進めなくなるまで、わたしたちにはまだ気の遠くなるくらいたくさんの時間が残されていた。

てんてんはんそく

照子とはすぐに繋がる。向こうはいつも客を待って待機しているのか、こちらが指先でプシュプシュと誘うように押せば、即座に凜々《りんりん》と呼び鈴が鳴って、それだけで、もう次の瞬間には湿った声が耳元で聞こえている。行方不明になってしまったあの人の声、といつも思ってしまうが、違うことは分かっている。いつまでもいなくなった人を捜していても仕方がない。

ちょうど秋から冬に向かって季節が折れる時期ではあるが、折れ目の挨拶などももちろん必要なく、数字の平坦な連なりが挨拶代わりになるので、姿を消さなければならなくなった複雑ないきさつなどについても弁解する必要はない。本名を告げる必要さえない。本名などもう錆《さ》びついてしまった。打つ、叩く、振動を起こす、それだけでいい。4990、色も味もないアイ電ティティ。ただし数字というのは少しのずれも許されないので、49（死苦）が一つでもずれて48（皺）になったらもうそれだけで繋がらない。その代わり数字さえ正しければ、ぷちぷちと新鮮な照子とすぐに繋がる。熱っぽい息が耳たぶに吹き付けられ、声のこすれた部分、かすれた部分が脳にしみる。

照子には身体がない。だから浮かび上がってくる肌は、照子の肌ではなく青江の肌で、それは、海辺の宿でこっそり一夜を明かし、朝、窓を開けたとたんに、視界を覆いつくす春の海のよう。ひんやりした外気を胸の奥まで吸い込むと、海の色が変わって、さざ波の爪先が光っている。

こがれる、あこがれる、遠くを思うとたまらなく息が苦しくなる。届かないものに語りかけ、ふりむいてほしいとひたすら願う。わたしは「まだはな」と書く、それから「おみけ」と書く。すると海がぱっかり割れて、中からプラスチックの第二の海が現れる。「まだはな」は、昔好きだった人の名前を剪定《せんてい》して創った言葉、「おみけ」は、子供の頃に飼っていた猫の名前、二つ合わせて暗証になる。

プラスチックの海の表面には、傷がたくさんついている。猫がじゃれて、手の甲をひっかいた傷と似ている。爪痕をじっと見ていると、文字ではないのに読もうと思えば読める。わたしは食い入るように読む。ただし、声に出して読むことはできない。青江が声を出さないせいか、青江の肌に浮き上がった文章は、音読を許さない。それはラーメンを入れるどんぶりの内側の模様のように馴染み深く、それでいてどう発音するのか分からない。目で追っていくと意味がそのまま肺にひしひしと縫い込まれていく。縫い目を残していくのは、足踏みミシンである。誰も踏んでいないのに、シーソーの法則で、昭和の初期からずっと動いているマシーン、それがミシンだ。そうして母が稼いだお金で、わたしの家庭教師代も払われた。ミシンの縫い目が長くなればなるほど、わたしの肺の表面はしなやかさを失って、そのうち古びた鞍《くら》のように硬くなっていって、これではもう呼吸器とは言えない。息を吸おうと思っても肺が膨らまない。青江からは離れた方がいい。ところが、青江の肌から少しでも目を離すと、その間に新しい愛汁の配給があったのではないかと気が気でなく、すぐまた青江の肌にもどってしまう。肌についた傷跡をもっともっと読みたいという気持ちだけが煮詰まってきて、いてもたってもいられなくなって、もっとほしい。もっとあるはず。もっともっと。ある瞬間とその一秒後の間さえも長すぎて待ちつくすことができなくなってくる。時間は歩幅を狭め、速度を増し、いつまでたっても満足するということがなくなり、青江の肌から目が離せないまま、頬がこけ、尻が垂れて、痩せていく。こんなことではいけない。打ち返さなければ。自伝でも紡ぎ出すように気長に構えて、一つ長い返事を書いてやろう。

月曜日は、頭の中のキーボードがピアノの鍵盤になっていた。火曜日は、ひらがながタイプライターのキーのように並んでいた。鍵盤になっている日は、どこを弾いたらどんな色の音が飛び出すのか見当がつかないので、変な音楽を演奏してしまうのが怖くて指が縮みあがって動かなかった。タイプライターの日には、はりきって書き始めたが、両手の指を額に当てて、額をキーボードにして書くせいか、漢字変換されて出てくる字がみんな鏡文字になっている。文字をどうにかひっくり返そうとして、自分の頭を両手で押さえ、ジャムの瓶の蓋のように百八十度まわしてみると、首がまわって、頭がすっぽり取れてしまって、中には案の定、脳という味噌ではなく、イチジクのジャムが入っている。ラベルをちゃんと読んでおけばよかった。ラベルの隅に申し訳なさそうに「無農薬」と書いてある。こんなことなら、ピアノが弾けなくても鍵盤の方がましかもしれない。鏡音符というものはないだろうから。ところが待っても待っても月曜日は二度とやって来ない。日曜日が終わると、蹴つまずくようにもう火曜日になっている。ひらがなづくしで平板になってしまったキーボードから逃れられない。これはどう考えてもわたしを探し当てて連れ戻そうとしている捜査チームのかけた罠《わな》である。そこで知恵を絞って、こんなトリックを考え出した。出てくる文字を読まないで、ひたすら書き続けるのである。キーを打つ度に、網膜のスクリーン上で、花火が上がったり、犬の子供が生まれたり、おしっこが地面から噴き出したり、それはもう大変なことになっているが、それを他人に話す必要はないし、話さなければ誰にも知られないですむかもしれない。どのように変換されて、どのように送信されていくのか、所詮送られた先のことまで確かめることはできないのだから、目をつぶってただ書き続ければいい。

そうして書いていくと、書きながら向こう側へ行けそうな気がしてくる。海の向こうに住んでいる恋人に向かって語りかける身振り、筆振り、振り振り、ゆすぶる、小さな鈴、漢字の一つ一つが小さな鈴。わたしはキーを打つ。どこかで鈴が鳴る、鈴は見えないが、振る、鳴る、ふる、なる。そうしていると、本当に繫がっているという感じがしてくる。いつまでもそうして文字を書き続け、続けるためだけに続け、それは、とどまり、とどこおり、目をそらし、うずくまり、まどろみ、ごまかし、腐っていく時間でもある。嘘くさい。くさい。ミルクの腐った臭いがする。他にやらなければならないことはたくさんあるはず。やったからと言ってどうということはないけれども、やらなければ近所の人たちに目をつけられて通報されてしまうかもしれないことがいろいろある。例えば、朝起きたら、寝間着を脱がなければいけない。寝間着は寝る時に身体を巻くから「ね・まき」という。しかし長いものに巻かれるのはご免だし、そんな無防備な服に巻かれて「寝る」のは本当は危険なことだ。寝ないでも頭を休めることができればどれほど安心か分からない。眠っている間は、胸の中を怪物たちに自由に食い散らされる。しかも後でそのことは覚えていなくて、ただ痛みだけが残っている。仰向けになって鼾をかきながら安心しきって熟睡している人の気が知れない。魔除けで胸を閉じて寝ることはできないものか、と思って、胸に「閉」という文字を大きくマジックペンで書いて寝たら、息が苦しくなって、夜中の三時に目が覚めてしまった。字を書いた部分が赤くただれていた。マジックペンというのは、魔法の執筆用具という意味らしいけれども、化学反応を引き起こすだけで魔術的効果がない。

朝目が覚めたら、睡眠中かかった呪いを吹き飛ばす勢いで、寝間着のボタンを引きむしるように外せばいい。ボタンをイメージするのは簡単だ。半透明の桃色の貝殻の頭がくりっとボタンの穴を通ってはずれる時の指先の感触を思い浮かべるのも簡単だ。ところが、イメージ・トレーニングをすればするほど、脳と指の距離が遠くなっていって、どうしてだろうと思ってみると、腕が長くなっていた。身体がどんどん大きくなっていってしまう時のアリスは、不思議の国で自分の身体が自分のものではないことに気がつく。

ボタンが外せない。そういうわけで、実際に寝間着を脱ぐところまでなかなか行き着けず、仰向けに横たわったまま、頭の中で青江に文字を飛ばし始める。天井が青いスクリーンに変化すれば、何もしないでいても、ずっと青江と繋がっている。起き上がればスクリーンが見えなくなってしまう。だから起きるのがいやで、まな板のように横たわっている。

顔がべたべたして気持ち悪いのは、目ヤニのせいかもしれない。松は目がないのに、松ヤニではなく目ヤニを出し始めた。目ヤニを垂らしている不在の目が怖い。せめて起きあがって、思いっきり伸びをして、それから変にくしゃくしゃになってしまった顔を洗ってみてはどうかとも思うのだけれども、洗面所は廊下の向こうに引っ込んでしまってとても遠い。コブラのような首をした自分の姿を思い浮かべてみる。どこかで見た姿。それが自分だという前提で、どうにか会社らしいところに毎日通っていた顔だ。首が伸びたおかげで顔は蛇口に届いたが、蛇口をひねっても水は出てこないだろうという気がする。水が出ないなら、唾をリサイクリングしよう。「リサイクリング」という言葉を社内で声に出して言うと一回につき一ポイント稼げたものだ。その代わり、「再利用」という言葉を間違って口にすると、二点引かれてしまう。いずれにしても引かれる方が多く、借金に追われ、身を売らなければならないようにできているのだ。逃げるが勝ちだ。気にすることはない。涎《よだれ》の再利用のつもりで、手の甲で口元をぬぐって湿らせてから、顔をねとねとこする。顔の上で前脚を半回転させる時の猫は、顔を時計に見立て、短い針を八時間進めているようにも見える。すべての朝には、時差がある。すべての顔には時差がある。顔になってしまった時計。その長い針の位置をなおしてから、寝床を離れよ。これは猫の命令である。猫に長靴を履かせたのはペロー、制服を着せたのはスピーゲルマン。わたしは時々、自分が猫に命令されて行動しているのではないかと思うことがある。言い訳ではない。自分自身の意思というのが疑わしくなってくるのだ。猫の命令に従って顔を洗おうと思っているうちに、ねこ

ねことい う言葉が切り絵のように五十枚連なって見えた。

太陽は天の臍まで昇りつめ、夜のねっとりした目ヤニは乾いて、洗わなくても目のまわりから勝手にハラハラ剝《は》がれ落ち始める。暖房が効きすぎているので空気が乾いて肌が雲脂《ふけ》のようになって剝がれていくのだが、暖房を調節するつまみは地下室にあって、地下室の鍵は貸してもらえない。帝国の頭皮もやがてフケになって落ちる。そういうことならば、ユニオン・ジャックの印刷されたティーバッグでダージリンを飲もうと思う。紅茶を入れるにはポットを戸棚の奥から無理矢理、引き出さないとならない。ところがポットは手をひっぱっても、なかなか出てこない。手ではなくて、取っ手というのかもしれない。ポットは、外の光を浴びたくないのか、それとも茶色い熱湯をお腹に入れられるのが不満なのか、あくまで引きこもりを続けるつもりらしい。

ポットの白い腹には切腹でもしそこなったのか、茶色く染まったヒビが入っていて、そのヒビは、「刻」という漢字の形をしている。お茶汲みをさせるというのは、一種のハラスメントなのだろう。利休もそのことは分かっていたので怒りを爆発させる隙のない淀みない身体の動きを考え出したのだが、時には言葉が刃《やいば》になって、ひらりと権力者を挑発することもあった。隣国に攻めていくのは犯罪だと、お茶汲みが言ってはいけないか。

会社で茶を入れる時、わたしは卑屈に背をまるめた。人を雇っておいてお茶を汲ませるだけかと内心沸騰したが、そういう八〇年代の余裕が会社になくなり、九〇年代には、お茶を汲んでいるだけで役にはたたないと言われ始めた。逃げて良かった。いろいろ考えてしまうと、なかなか紅茶を入れるまでには至らず、いつまでもぐずぐずと頭の中で、青江に返事を書いている。やっと寝間着を脱げそうな気がしてきて、ゆっくりとボタンに手をかけて、ふと窓の外を見ると、太陽がゼラニウムの鉢の横に鞠《まり》のようにころがっていて、その位置があまりに低い。ということは日が暮れようとしている、つまり、もう少ししたら寝間着を着なければならないということになる。

もし、そんな生活をいつまでも続けていたら、わたしは青江に吸い取られ、枯れて鬱々と滅びていってしまっただろう。あの事件が起こって、青江の世界から切り離されたのは、実は運が良かったのかもしれない。

きっかけは、急に引っ越さなければならなくなったことだった。いつも安心しきってもたれていた壁、それが実はわたしの壁ではないことを思い知らされた。家主がある朝、電話してきて、アパートを建てなおすことにしたから出ていってほしいと言い出したのだ。わたしの家が実はわたしのものではないと急に言われても納得できない。確かに、わたしの所有物ではない。しかし、わたしの身体がずっと住んでいたのだから、やはりわたしの「うち」ではないのか。その証拠に、「わたしのうちは、ひばりヶ丘にあります」と人に話すとき、それがたとえ借家であっても嘘をついたことにはならないではないか。ドアのノブにはわたしの指紋が何百も重なってこびりついているし、廊下にはわたしのＤＮＡが落ちている。わたしが毎日もたれていた壁は、わたしの壁だ。会社から無断で拝借したお金とは言え、家賃だって毎月おさめていた。年貢ではないのだから、「おさめる」という感覚がいけなかったのかもしれないが、それにしても、関係を一方的に壊して平気でいる家主は、わたしの側からすると許せない。しかし家主の目から見れば、間借り人などはアパートに生えたカビのようなもので、こそぎおとされるために生きているようなものなのかもしれない。

「引っ越すことになった」と青江に話すと、青江は「それなら、わたし、アリスになります」と答えた。青江と話すのは初めてだった。いつもは文字の浮かぶ肌にすぎなかったのに、初めて声を聞いたので、うなじが緊張して冷汗が滲《にじ》み出て、顔がほてってきた。しかし、しばらく話しているうちに、それは青江自身ではなく、週末に電話の番をしている代理の女性だということが分かってきた。「月曜日から金曜日ならばもっときちんと説明できるのですが、何しろ週末なので」と言う意味がすぐには解せず、週末には脳の機能が低下するのかとひそかに思っていたら、どうやらそうではなくて、話している人間が違うということなのだった。代理のくせに「わたし」を主語にして青江のことを話すという発想はわたしには理解しにくいが、どうやら、青江たちにとって、「わたし」という単語は拡張された商業的な意味を持っているようだった。「じゃあ、引っ越してからは、青江じゃなくてアリスなんですね」と確かめると、相手はとまどって語尾を濁して、「そういうことにモニャモニャ」と答えた。「待遇とか、コストとか、これまでと具体的にどう変わるんですか。」「それにつきましては後日モニャモニャ。」

語尾が消えてしまう人と話しているといらいらしてくる。女ならば大声で、はっきり、日焼けした母音と、さくさくした子音で話をしてほしい。こういう自信のない女は家族の暴力にあっているのかもしれない。だから本当は助けてあげなければいけないのに、わたしの心のゆがんだメカニズムは、おどおどした態度に接するとますます暴力的になる。「一つお訊きしますがね、どうして青江のままではいけないんですか。」「わたしは引っ越す人にはついてはいけない存在なのでモニャモニャ。」「だから青江がアリスに変身するということですか。」「変身と言うより合併モニャモニャ。」「アリスとはいったい何者ですか。」「モニャモニャ。」

わたしはもちろんアリスが誰なのかくらい、わきまえている。文豪になりたいとかベストセラーで一儲けしたいという野心とは無関係な筆によって生み出され、文学史に躍り出て、シュールレアリストたちからも喝采を浴び、今日まで輝き続けるあの少女の名前がアリスである。ボブ・ウィルソンもヴィム・ヴェンダースも放っておけなかった幼女のイメージ、アリス。

代理は急に元気づいて、「アリスは、人と人との新しいふれあいを求めてがんばります」と安売りで買ってきたような台詞を口にした。「新しいって言いますけれどね、あなた、アリスは昔からいるんですよ。当然ですよ。読んだことないんですか。ルイス・キャロルの本。」「すみません、わたし読書はどうもモニャモニャ。」「それでは、あなたの言うアリスの素性を説明してください。語尾をはっきり発音してくださいね。」

青江の代理は今度は語尾をはっきり発音しようと努力しているようではあった。「昔アリスにはアリスの仕事がありました。」「どんな仕事ですか。」「接続の仕事です。」「アリス」の尖って甘いカタカナの語感に触れただけで、お洒落なフリルの中から躍り出るヒンヤリ冷たくて少し病んだ乳房を思い浮かべることができる。客たちはむしゃぶりつく。気分をふるいたたせ、また突き落とし、また引き上げてくれる化学作用を利用して客を依存症に陥れ、際限もなく儲けていたアリスの立場も九〇年代半ばにライバルが増えてくると危なくなっていって、これまでと同じ事をしていたのではやっていけなくなった。根本のところを照子に押さえられているのではだめだということに徐々に気がついたに違いない。自分だけでは照子に対抗できないことが分かると、青江と契約を結んで、照子と戦う決心をしたのだろう。青江も実は照子に負ぶさっていることにうんざりしていたので、すぐに合併の話に乗った。これはすべて、わたしの推測なので間違っているかもしれない。

通信会社間の戦争はセプテンバー・イレブン以後ますますエスカレートしていった。青江は所詮、入れ墨の快楽を肌の表面に乗せて客をたぶらかしているに過ぎない。肌に至るまでの交渉が声の持ち主によって済んだ後で客を魅惑するだけである。痛みと、痛みから逃れられた瞬間の喜びと、新たな痛みへの恐れと憧憬《あこがれ》という感情の鎖で人をつないで奴隷にする力は決して小さくはないが、商売としては規模が小さい。

照子はまず人の住処が国に繋がる根本的な管《くだ》を押さえている。それは水道や電気と同じくらい大切な接続点で、切れたら大変なことになる。もし水が急に出なくなったら、電気が来なくなったら、みんな全財産をなげうってでも「お願いします、すぐにまた繋いでください」と嘆願するだろう。

青江は、これまで照子の存在を知っていることをほのめかしたことさえなかったくせに急に、わたしの引っ越しを理由に、照子を捨ててほしい、と言いだした。しかも代理にそれを言わせている。「照子とはきっぱり手を切れということですか」と訊くと、代理は、「それは最終的にはそういう結果にモニャモニャ」と恥ずかしそうに答えてから、今度はいやに自信に満ちた声で、「もしもそのことを照子に言いにくかったら、言ってさしあげます」と自分から申し出た。この時だけは、語尾の隅々まではっきりしていた。

恋人と別れたくなった時にそれを代わりに恋人に伝えてくれて、しかもその後一年間、相手の攻撃から身を隠し守ってくれるいわゆる「手切れ会社」というのがある。そういう手を使うのは卑怯だと思っていたわたしがなぜこの時、すぐ承諾してしまったのか不思議でならない。

照子とは一生、今のままでいたかった。他にどんなにたくさん別の関係が葉っぱのように発生していっても、照子と繋がっているということがわたしにとっては根っこだった。根っこを葉っぱで代用できるとは思えない。照子は他のあらゆる女性たちと根本的に違っている。なぜなら照子は国家公務員だからである。つまり照子は、わたしたちの払った税金から給料をもらっているわけだから、決められた給料以上に儲けようとは思っていない。わたしは今は税金を払っていないが、そのうちまた就職したら払うに決まっている。そんなわたしをだましても照子は何の得にもならない。青江は違う。

青江の「あ」は、飴のように甘いが、悪の過ちの圧縮された暗黒政治をほのめかし、その活動は海外に拠点を持ち、アジア、アフリカ、アメリカの頭文字がすべて「あ」であるのを見ても分かるように、呆れるほど規模が大きい。アリスという名前の響きには若くてういういしいイメージがあるが、顔はひどく老け込んでいるだろうという気がする。グローバルなビジネスに巻き込まれて、札束を懐に押し込まれ、降りようとした時にはハシゴを外されていた。わたしの名前はアリス。鏡を見れば分かる。眉間《みけん》には、くそまじめな縦皺が寄り、口の両端からは侮辱された者特有の皺が垂れ、目の下には借金袋が垂れ、就職して以来、おおらかに笑ったことが一度もないので、目尻のやさしげな鴉の足跡と呼ばれる皺はなく、眉毛も睫もみんな抜け落ちている。生まれつき背がいやに高く早熟だったのでこんな目にあったのだ。敬愛され、学級委員になり、就職もすぐ決まり、やり手と呼ばれ、結局は利用されただけだった。そのことが分かってからは、小さくなりたいとそればかり願うようになった。同じ課の中でも特に背の低い美男の同僚と会社の地下室でぶつかって、抱き合う形にはまってしまった。スカートをめくりあげてグリグリさわり、ベルトをすっと抜いてトランクスはしわしわ、気がついたら、臍と膝の間の肌をお互い剝き出しにして、すりこみあっていた。そのうちに身体が小さくなり出したので、ほっとした。背の低い美男は逃げ出した。やっと、ねずみくらいの大きさになれた時には、これで身を隠せるようになったと思ってほっとした。その日のうちに会計係の鞄の中から札束を持ち出して逃げた。ねずみくらいの大きさのわたしが警察に見つかるはずがない。

電話番号は今のままでいいのかと訊いても青江の代理は黙ったままだ。だめだ、と言いたいけれども言えないのだろう。だめだと言えば、電話番号の自由を保障する法律に違反することになる。「どうするんです。わたしは前のままの番号がいいんですけれどね」と言うと、代理はあわてて「番号はこちらで決めさせてモニャモニャ」と言う。わたしは首に紐をつけられて引っ張られたような怒りを感じ、即座に断った。「あなたに電話番号を決めてもらうなんて絶対にいやですよ。」ひどく条件のいい保険に勧誘されて話に乗り、ただし、うちの保険に入る前に整形手術を受けてください、と言われた時のような気分である。訳が分からないまま、背筋を毛虫が這い、骨がきしむ思いがする。

今まで通りの番号を守りたい。苦労して手に入れた番号なのだ。もう何十年も前に、照子から番号をもらった時のことは、霧の中で見た皇居の風景のようによく覚えている。語呂がいいだけでなく、韻を踏んでいる番号だった。もらえる番号はいくつもなくて、その中から選んだのに、まるで自分で書いた俳句のようにしっくりいった。それで照子とは何のつまずきもためらいもなくすぐに繫がって、いつまでもそのままの関係でいられるつもりでいた。

「今までの番号をずっと使っていると、いろいろ面倒なこともモニャモニャ」と青江の代理は言う。「どんな面倒なことがあるのですか。何かわたしに秘密にしていることがあるんじゃないですか」と訊くと、代理の声は急にバリトンに変わって、「どうして昔の番号にこだわるんですか。昔の番号を持ち続けると、ひどくお金がかかるんですよ」と高飛車に出た。まるで、「こちらの方が安い」と言えば、他人の意思を自由に動かせるとでも思っているらしい。「お金がかかったってかまいません。」「新しい番号の方が安いのになぜわざわざ高い方を選ぶんですか。別にそっちの番号の方が質がいいわけではないでしょう。なぜです。」「理由はあなたには言えませんよ。」わたしはむっとしてそう答えてしまった。自分の電話番号を馬鹿にされて腹が立たない人間がいるだろうか。下手に出ていたかと思うと、ある時点で急に暴力をにおわせるセールス・マフィアのやり口に、わたしはもうたまらなくむしゃくしゃしてきて、どんなに損をしてでも相手と戦い抜こうと思ってしまうのである。本当の敵とは、わたしの持ち物を奪おうとする者ではなく、わたしに何かを売りつけようとする者である。「この番号にはね、あんたなんかには分からない思い出がしみついているんですよ。あんたはお金のことしか考えていないから分からないでしょうけどね、人は思い出から栄養をもらって生きているんですからね。思い出のない人はいくらお金を節約しても最終的には損しているんですよ。」相手は黙ってしまった。いい気味だ。

正直言うと、わたしには電話番号に思い出がしみつくという感覚はない。ただ、昔からの知り合いの中には、わたし自身が今はその存在を忘れてしまっているけれども何年も音沙汰なかったくせに、秋雨の夜などに急に電話してくる人がいる。電話番号を変えてしまったらもうそういう人たちはわたしを見つけることが出来ない。こちらが忘れてしまった相手なのだから、そんなこと、どうでもいいはずだが、こちらが忘れているからこそ、そういう人が自分を覚えていてくれるということで、今の自分と昔の自分がかろうじて繋がりそうな希望を持ってしまう。それを断ち切ってしまったら、今が今でしかなくなってしまう。

とにかく青江の代理の言うことに従う気はない。あんなに横暴に番号を変えさせようとするところを見ると、照子からわたしを切り離すのに何かトリックを使う気なのかもしれない。照子の電線をはさみで切ってしまって、それで自分たちの無線のネットワークを広げていくつもりかもしれない。だから前の番号はあきらめるしかないのだ。照子に話をつけてくれると言うが、本当は話をつけるのではなく、「切りましたよ」と告げるだけなのかもしれない。わたしがそんな会社に身を売ったと知ったら、照子はどんなに悲しむことだろう。「絶対に前の番号にこだわり続けますから」と言ってわたしは電話を切った。

引っ越すと、確かに青江の肌が見えなくなった。アリスが来るまで待つように言われていたので、しばらくは肌とそこに現れる文字なしで生きるしかない。肌に包まれて文字をいじっていればいくらでも時間は流れていくのに、それがないと、自分をもてあまし、自分自身の肺の重さに呼吸が押しつぶされてしまいそうだ。

本棚を組み立てて本を入れているうちに一週間がたち、小物を出して引き出しに入れているうちに一ヶ月がたち、ドアの位置、壁の冷たさにも慣れて三ヶ月たったが、アリスは現れない。照子とは繋がる。でも照子はもう声を聴かせてはくれない。わたしが裏切ったことを知って、悲しみのあまり声を失ってしまったのかもしれない。青江もいない。もう目の前に大きな肌が広がることはない。そこに文字が現れることもない。青江の代理が言っていたそのアリスというのは一体いつになったら現れるのだろう。

青江に電話してみると、出たのはこの前とはまた別の代理で、とても親切だが、これまでのいきさつについては何も知らない。初めから説明して、それがどれほど引き延ばされた苦悩であるかを訴えようとするのだが、相手はどうも実感が湧かないようで、「調べておきますので、またそのうち電話してください」とそっけなく答えるだけだった。「ちょっと待ってくださいよ。こっちから電話するんですか。調べ終わったら、そちらから電話してくれませんか」と訊くと、「電話を自分からかけることは我が社では禁止されているのです」と言う。

「最近の世の中、注文した品が自動的に届くことはありえなくなった。毎日電話攻めにしなければだめだ」と新聞の投書欄に書いてあった。何かの間違いで新聞が一日だけ配達されてきたのだった。策略かもしれない。社会欄には心当たりのある犯罪についての記事は載っていなかった。わたしにとっては自分から電話をかけることが何より苦痛だった。電話という言葉を思い浮かべただけでもう肩が凝る。三日前から精神的に準備してかかる。そして息をとめてやっと電話すると、思いがけず、この間と同じ代理が出たので、ほっとしたが、向こうはわたしのことを全く覚えていなかった。アリスが現れないことを訴えると、「引っ越し証明書は送っていただけましたか」と言う。「え。そんな話は初めて聞きますが。」「引っ越し証明書が必要なのです。」ここで怒っても仕方がないので、了解して電話を切る。切ってから、引っ越し証明書などというものがそもそも存在するのか、という疑問が湧いたが、もう一度電話する気にはなれない。市役所へ行って番号札を引いて三時間待たされて、やっと順番がまわってきた。窓口の前に立った瞬間、自分がねずみのように小さいわけではなく、他の人間たちと同じくらいの背丈をしていることが何だか不思議だった。同時に、自分はどう考えても間違っているという気がした。逃げたのも間違っていたし、青江の代理の言いなりになっているのも間違っている。それでも役人の不機嫌そうな鼻毛を見ながら直接話す方が、つかみどころのない青江の代理たちと話すのよりもずっとましだった。「あの、引っ越し証明がほしいんですけど。」「は？　何ですか、それは。」「引っ越した証明です。」「新しい住所を登録しなかったんですか。」「しました。これです。」「じゃあ、それでいいでしょう。」「今この住所に住んでいるという証明ではなくて、前の住所から今の住所に移ったという証明です。」「ありませんよ、そんなものは。」役人はわたしの言い分にそれ以上耳を傾ける気はないらしく、ボタンを押して次の番号札を持っている人を呼んだ。かっかっかっかっかと足音が近づいてきて、大きな手が背後からわたしを押しのけて、クリーム色のコートが窓口を占領して、用件を話し始めた。よろめいて倒れそうになったわたしはかっとして、その人の肘を後ろからつかんで引っ張り、振り返った顔の真ん中に、ある言葉を叫ぼうとした。その瞬間、振り返ったその目が、鼻が、唇が、モンタージュされ、一つの顔になり、わたしの記憶にぴったりと当てはまった。「あなた、もしかして。」相手の瞳が光り、目尻が垂れ、口が船の形に開いて、その口から、「あ、あなたは、あの時の」と言う嬉しそうな声が漏れた。こんなところで再会できるとは思ってもみなかった。わたしたちはなだれかかるように身体を合わせ、固く抱擁し合った。役人が呆れてこちらを見ているのが分かったが、わたしたちは抱きしめ合った腕をほどこうとはしなかった。

おと・どけ・もの

「あとりえぽとれ」というところから月曜日に電話があり、「それでは水曜日の午後二時頃におうかがいします」と言われ、火曜日が過ぎると水曜日が来て、二時になると一人の女性がわたしの目の前に立っていて、「わたしがカメラマンです」。サラサラ前髪の二十代前半と思われる女性の口紅は黒、「口紅」と言うくらいだから黒ではなくやはり紅色ではないか、紅色だけれどもとても濃い紅色なので黒と変わりないのではないか、と納得しようとしているわたしの方を見ようともしないでカメラマンは、「撮影は公園のブランコの隣にしましょう」と決めて、仕方がないのでいっしょに階段を降り、ブランコは確かに昔からそこにあったけれども気に留めたこともなかったわたしは、何だか危ない物でも触るようにブランコの鎖の冷たさに触れ、足元を見ていると、「五階にある自分の部屋の窓を見上げてください」と言われ、でも、自分自身の部屋を見上げるなんで、よほど自分に執着しているようで恥ずかしく、「空を見てはいけませんか」と訊くと、「空は高過ぎるから」と機械的、事務的な声で、もしかしたら詩的なのかもしれない答え。相手の無知を批判するのではなく、サバサバと切り捨てて仕事のできる女は進み、こちらは、待って、待って、そんなに急いで先へ先へと進んでいいことがあるはずないので、「鳥を見ていてはいけませんか」と無駄な質問をすると、「鳥は不在です」という答え。口がそんな受け答えをしている間も、カメラマンの目は、あちこち走り回って何やら測定し、カクッカクッと風景を正確に切り取っていき、そのうち指で、わたしの両頬をぐっと押し込んでみたり、鼻をつまんで引きあげてみたり、顎をぐっと引いてみたりして、粘土細工。準備が完了するとカメラマンは遠景に退き、ハッセルブラッドの四角い写真機の裏に隠れ、「はい、こっち見てください」。

そこにはいつの間にか十五歳くらいにしか見えない男性がいて、カメラマンの助手らしいのだけれども、それが何も言われなくても手際よく、フィルムを入れ替えたり、何やらせっせと記録をつけたり、光の強さを測定したり、わたしの背後の自転車を移動したり、黙って働き通し。カメラマンは助手には「あ、あれ」「だめだめ」「ほら」「ね」「え」というような音節でしか話しかけず、それでも意思はちゃんと通じている様子。さすがに、わたしに対してはもう少し長い言葉を口にするけれども、それもだんだん短くなっていって、「はい、右見てください」、「もう少し、左、お願いします」、「顎をひいてもらえますか」、「もう少し右です」と、なんだか目医者さんのようだなあと思っているうちに、「左」、「顎」、「上」、「右」。あまりにも注文が多いので思わず睨み返すと、「笑ってください」と言われ。自分が粘土の塊にでもなったように思え、みじめな気分にずれ込みそうになったので、人間回復のため、「そのカメラはデジタルじゃあないんですね、プロはやっぱり違いますね」などとスラスラ言ってみるけれども、カメラマンは聞こえなかったよう。

　顔を出せば売れるという種類の顔でもなし、そういう種類の本でもなし、でもだからこそ、特に今度の本は内容が内容なので、作者の写真がないと読者は、書いてある内容をこの世の中のどういう場所に位置付けたらいいのか分からず腹が立ってきて、読み続けることができなくなるそうで、そんな時に顔写真があれば、たとえ魑魅魍魎《ちみもうりよう》、百鬼夜行が息つく間もなく紙面から立ち上がってこようとも、読者としては、とりあえず、作者の顔写真の額のあたりを睨んで、すべてはこの脳味噌から出てきたのだ、と妄想の居住地区を指定することができ、安心し、そのうち本の内容にうんざりして、すべてなかったことにしたいと思った場合にも、顔写真の中に妄想を閉じ込めて、本をばたんと閉じればそれですむこと。また、音楽でも文学でも普通の人間は固有名詞を並べなければ自分の好きな響きを言い表す方法がないわけで、当然作者の名前が必要になり、更に顔写真が必要になり、「この人が書いた」と言って写真を指ささなければ気が済まないよう。「この人が書いた」の「が」には何の実態もなく、その「が」は蛾よりも体重は軽いのだけれども、何度も口にしているうちに、蛾の羽と同じで毒のある粉をハラハラまき散らしながら夜の愛読者たちをしびれさせ魅惑し。

自分の顔をはぎとって提出するしかないのだと覚悟を決め、文句を嚙み殺して撮影作業を立派にやり遂げ、「ご苦労さまでした」と言うと、カメラマンは、「現像した写真をお見せしますから、中から気に入ったのを選んでください」。自分で選ばないで、わたしに選ばせるのは、わたしに犠牲者になることを許さず、そうやって剝いで剝ぎとって剝ぎまくっていく側に引きずり込むつもりらしい。

一人になってから鏡で見ると、わたしの顔はやはり顔を剝ぎとられたような顔になっていて、いつも表面を覆っている見えない膜のようなものがなくなっていて、ひどくむきだしで、傷つきやすく、血管と神経が透けて見えるような気がして。

数日後、ビリッと短くベルが鳴り、とんとんと勢い良く五階まで階段を駆け上がって来たのはカメラマンの女性。汗など少しもかいていないその顔、毛穴が全くないように見える顔に、冷静な誇りを浮かべて、「写真、現像してみたんですけれど、なかなか雰囲気が出ていると思います」。こちらは、あのときにこねまわされた頰の痛みがよみがえり、このカメラマンがアーチストで、わたしはアーチストがこねた粘土だったのか、それとも槌《つち》と鑿《のみ》で削った石頭、それとも彫刻刀で彫り上げた木偶《でく》の坊。カメラマンは脇に抱えた大きな封筒をつきだして、「とにかく見てみてください。それから気に入ったものを三枚選んでください」とはきはきしゃべりまくるのだけれど、わたしはそう簡単にはだまされまいと身を引いて、「それはわざわざご足労様。でも、どうしてメールで送らなかったんです」と訊くと、相手の鼻の脇に皺が寄り、「ディスプレイはそれ自体が光を放っていて、紙とは全く違いますからね。あとで本に印刷したらどうなるかを正確に見ることはできません」と、もっともなことを言ってから、まだまだ話そうとするので、「郵便で送ってくだされればよかったのに」と言って腰を折ると、向こうは今度は大声で笑って「ゆうびん、はっはっは」、そしてまた「ゆうびん、はっはっは」、それから大きな封筒を胸に抱いて、坂をころげるような勢いで階段を駆け下りていってしまって、あとに残されたわたしは、またうっかり死んだ単語を口にして、笑われてしまったかと気が重くなり。

世の中ではどんどん単語が死んでいくけれども、小説というのはそう早く書けるものではないから、書いている間はずっとオフライン、テレビも見ないし、雑誌や新聞も読まないで、書斎の窓の外を流れる月日をぼんやり眺めて暮らしていると、その間に世の中では単語がどんどん死んでいき、言葉は寿命が来て死ぬとは限らないのに、世間の人は死因を調べようともしないどころか、死んだという事実をそのまま鵜呑《うの》みにして、死んだものを舌にのせる者がいれば笑い飛ばして仲間はずれにするという有様で、単語の死をますます確実なものにしていくばかり。「ゆうびん」という単語もわたしが知らない間に死んでしまったらしいけれども、だからと言って笑い飛ばして、そのまま階段を駆け下りて行ってしまうなんて。

滅入った気を晴らすために髪を梳《と》かして、ご近所をダックスフントの足並みで散歩しようと外に出ると、空は秋晴れ、バス通りに出て、郵便ポストの角を公園の方へ曲がって、と思った瞬間、イチョウの木の下に昔からあった真っ赤な郵便ポストがなくなっていることに気がついて、あれ、郵便という言葉がなくなったからポストも片付けてしまったのかな、と不思議に思っていると、制服と思われるブルーの上着を着た十二歳くらいの男の子が近づいてきたので呼び止めて、「君、イチョウの木の下にあった郵便ポスト、いつからなくなったか知ってる」と訊くと、その子はまるでサーカスを見に行ってピエロに滑稽な質問をされた子供のように、困惑しながらも社交的に微笑んでいるだけで答えず、仕方がないので、「君、どこの中学に通ってるの」と訊くと、「え」と母音を一つ押し出しただけで、それ以上何も言わず。

その子がそのまま遠ざかっていくと同時に、イチョウの木の後ろから、足を引きずりながら出て来た男がいて、これこそ作者の顔写真というものがなければ分からなかったことだろうけれども、それはわたしが三度も繰り返し読んだあのカーヴの鋭い思考を最後のページまで展開し続ける哲学書を書いた作者、ところが今聞こえて来る独り言はあの本の内容とはかけ離れていて、「大学の哲学科がつぶれて失業したが、脚が悪いので、他にやれる仕事が見つからなくて、妻は呆れて逃げてくれるかと期待したのに、少しも逃げようとしないで家でじっとわたしの帰りを待っているので、途方に暮れる毎日だったが、そんなわたしにも仕事が見つかった。あまりにも条件が悪いので誰も引き受けない仕事が最近どんどん出てきたので、そのことには大変感謝している」というようなことを言いながら、またイチョウの木の後ろに姿を消し。

家に戻ると、郵便受けに「でいりでりばり」という会社のバナナ色のカードが一枚入っていて「小包をお届けにあがりましたがお留守でした。下記の番号にお電話くださるか、お手数ですが、下記の住所のオフィスまでおいでください」という字が印刷されていて、せいぜい五分くらいしか外出していないのに、その間に配達に来られたのは運が悪かったと、早速電話番号をまわしてみると、お話し中。仕方ないので「ゆうやけこやけの赤とんぼ」を一度歌ってからまたかけてみると、まだお話し中。腹筋運動を二十回してからかけてみるとまだお話し中。住所を見ると、地下鉄で二駅、そう遠くもないので、行ってみた方が早いかと家を出て。

金色の木の葉の間を吹き抜けてくる秋の風が一足踏み出す度に勢いを増し、地下鉄駅に入る頃には地平線から掻き起こされたちぎれ雲がかなりの速度で空を滑り始めていて、地下鉄から降りて地上に出ると空はもう暗く、空気のにおいが湿っていて、急いだほうがいことは一目瞭然。女の心が変わると秋の空も変わるのだそうで、わたしが地下鉄に乗っている短い時間に、どれだけの女性が、いっしょになろうと思っていた人の顔が急に嫌になって別れ話を切り出したことか、急げ、急げと、地図の通りに歩いていくと小さな雑居ビルがあって、一階の戸に「でいりでりばり」という札が出ていて、しかもその下に「インターナショナル」と字の形はアールデコ風に気取っているけれど間違ったスペルで書いてあって、そこにちょうど戻って来た自転車に乗った四十代の男性、ちょうどインターナショナルな配達を終えたところなのか、顔は汗だく、呼吸は乱れ、それでも足腰は確かで、わたしの手に持ったカードの黄色を見ると、「どうぞ、どうぞ」と愛想良く中に招き入れ。薄暗い室内の壁は、ぎっしり棚に覆われていて、棚には茶封筒や小包がびっしり詰めこまれ、床にも郵便物の山。わたしが思わず、「これ全部、郵便ですか」と訊こうとすると、「ゆうびん」という単語の途中で男は人差し指を唇に当てて鋭く「しっ」と音をたて、わたしはその言葉をちゃんと発音することができないままに、激しく咳き込みながら男にさっき家で受け取ったカードをもう一度見せると、男は声を出して番号を読みながら、棚から小包を探し、「お待たせしました」とウエイターのように言うので、「お待たせしましたなんて、なんだか小包というよりもラーメンみたいですね」と答えようとしたが、その瞬間、頭の中で、「小包」が「来ず罪」と漢字変換されてしまって、本当に悪いことをしたという思いに駆られ、あわてて、「どうも」と言って、ビルを逃げ出し。それは「す」に濁点を打ったのがいけないわけで、「つ」に濁点を打てばよかったのかもしれないけれど、小包を送られるようなことをしたわたしに罪があることに変わりはなく、わたしは社会のお荷物、それにしても犯罪者であるわたしの顔写真の出来映えは、と待ちきれずに小包の外の包装紙を破って開け、中の箱を開け、その中の和紙の贈り物用の包み紙を開けると、ハンカチの詰め合わせが入っていて、活字で「いつもお世話になります」と印刷されているのを見て、かっとなり、なんだ、待っていた写真じゃないんだ、どこかの会社が型通りのお礼を送ってきただけなんだ、急いで取りに行く必要なんてなかったんだ、損した損した、と心の中で嘆き続け。

その時、空の暗幕からどっと夕立が落ちてきたので、首をすくめて地下鉄の駅まで走って戻り、何しろこの頃の夕立はいわゆる「キレる」と言われるほど唐突で殺人的。「それというのも車の排気ガスのせいで、空に穴があいてしまったせいに違いない」と、友達にこの間電話で言うと、「そういう説は科学的に間違っている」と言われ、「それじゃあ、どうして本とか原稿がびしょびしょになるような、ああいう雨が降るようになったのか、ちゃんと説明して」と言うと、友達は、「今どき、紙を使うのが悪い」と反撃。ありもしない三つ目の頬を打たれた気分。

地下鉄駅に飛び込むと、髪の毛の濡れた人たちが息を切らしているところ、わたしはハンカチの詰め合わせから、牡丹の、薔薇の、百合の、紫陽花《あじさい》の、向日葵《ひまわり》の、菫《すみれ》の、睡蓮の、桔梗の、梅の、桜の模様のハンカチを一枚ずつ手品のように出していって、濡れている人たちに配り、ハンカチを受け取った人たちは驚いた顔をして、その驚いた顔をハンカチで拭うと、嬉しそうな顔に変わって、お礼の言葉といっしょに返されたハンカチにはその人たちのさっきの顔がこびりついているようで、やがて雨があがって、その人たちがそれぞれ別の方向に消えていってしまってからも、わたしの手の中の十枚のハンカチには顔、顔、顔が残され。

わたしはそこで雨宿りしている必要はなかったのに、雨がやんでからやっと地下に降りて行って地下鉄に乗る気になったのが不思議。意外に時間がかかってしまって、家に戻ると、郵便受けには「速達をお届けにあがりましたがお留守でしたので、下記の番号にお電話ください」と書かれたトマト色のカード、「らぴどこむにけーしょんさーびす」という名前の、さっきとはまた別の会社。留守電にも全く同じメッセージ。誰かが垣根の向こうからわたしが外出するのを見ていて、留守を狙って配達したに違いなく、これは勝ち目のないゲーム、さっそく電話をかけると、あらかじめ録音された声が、脳天に穴のあくような声で丁寧に挨拶を並べてから、今すべての電話がお話し中だから少し待ってほしいけれども、よりよいサービスのためには会員になることを薦める、などということを大胆不敵にも提案していて、「会員にならなかったら電話は何時間もお話し中で、配達されるものも配達されないのですか。だいたい、すべての電話がお話し中なんて、しらじらしいですよ。電話は一台しかなくて時給三百円の電話番は徹夜続きで我慢できなくなってソファーで死んだように寝ているんでしょう」と文句を言っても、相手はテープレコーダーなのでこちらの言うことは聞いてはくれず、一方的に次々サービスのつぶてを投げつけてきて、会員になれば、普通のテレビだけでなく衛星放送を見ることのできる厚さ三ミリの携帯電話が当たるなどと言っているその声は大変手入れが行き届いているようでいて、実は舌足らずで、何度も聞かされているうちに、「かいいん」ではなく「かんいん」と言っていることに気がつき、電話を切り。

この会社は一体どこにあるのか、住所も書いてないし、第一、郵便が来る度に取りに行っていたら足腰は強くなるかもしれないけれど、神経組織が破れてしまうかもしれないので、窓際の椅子に腰掛け、外はもう夕方の紺色が最高の濃さに煮詰まり、わたしの顔はどうなったのかなあ、やはりカメラマンが自分で写真を持って来てくれたのにはそれなりの理由があったんだなあ、と後悔する始末。どこかの配達会社に任せるなんて時代遅れ、自分で届けるしかないことを時代の先を行くカメラマンはちゃんと知っていたのに、わたしはそういう風になまなましく生身の人間がわたしのドアのベルを鳴らすかもしれない可能性に毎日さらされて暮らすのは耐えられないといつの間にか思うようになっていて、本人が現れたことに腹を立て、それと言うのも、あまりにも人間の肉を見る機会がなくなったせいかもしれないけれども、とにかく、ドアを開けて、そこに人間の肉があるという状況、時には襟元から、半袖の袖から、またはスカートの裾から、肉がもりもりと溢れ出て、甘いにおいを発し、突然こちらに抱きついてくる、そういう肉の訪問が恐ろしいので、郵便配達人が来ただけで、どきっとしてしまうこともあって、しかも、そういうただの郵便配達人さえ最近は来なくなってきていて、五階まで持って来てもらうには、申し込んで特別料金を払わなければいけないそうで、その料金を惜しむわけではないけれども、申し込みはオンラインでしかできなくて、しかも申し込むと、広告メールが自動的に毎日来るようになってしまうに違いなく、それが嫌でぐずぐずしていると、もう何も届かず、いつもいつも、留守だと言われてしまい、気がつけば紛れもない留守人間。

窓を開けると今日は夜の始まりがいやに静まり返っていて空腹。食卓の上ではバナナの曲線がお皿を切りとるように黄色く光っているけれども、この静けさの中、何か音のするものが食べたい、と思って台所の棚を見上げると、タイ語の文字が見え、そう言えば、タイから輸入されたかっぱえびせんの袋、あの文字が欲しくて買ったようなものの、食べて音をたててみるのも楽しそう、文字を破って袋をあけてパリパリかじっていると、ビリリンと呼び鈴。こんなに遅く誰。来客の予定はないから幻聴ということにして、立ち上がらないでいると、またビリリン。立ち上がった瞬間、痛みが腰を貫く、こんな時に、ぎっくり腰。ずるずると玄関に進んで、「どなたですか」「おるたいむりぞなぶるでりばりです」「え」「はいたつです」「おくりぬしは」「あとりえぽとれです」。信じられないけれども、そこまで正確に言われたら、あの写真がついに届いたに違いないのでもう開けるしかないけれど、それにしてもこんな時間に、と思いながら下のドアが自動的に開くスイッチを押して、動くと腰に熱の針が刺さるので、「く」の字に固まったままドアを支えに立つわたし。耳を澄ますと、すすすと絹の衣が檜の床を撫でるような音、実際はコンクリート、それから間があいて、ポンと鼓を打つような音、それからまた、すすす。恐ろしくゆっくりで、なんだかこの感じ、お能のように優雅な苦痛に満ちて、死者たちが戻って来るのか、不思議な脳波が起こりつつある、眠たくなるような、気持ちのよい、それでいて、気持ちの悪い、くらくら酔う、酔う、宵の果てに、ああして一段一段上がってきたのでは、ここに到達するまでどれほど時間がかかるか分からないのに、速度は速まる気配もなく、すすす、ぽん、すすす、ぽん、今、何階まで来たのか、それが分かれば、他のことをして待っていることもできるのに、そう言えば「あなたのお届け物が今どこにあるかインターネットで正確にチェックできます」という能天気な宣伝文句が急に思い浮かんで、ああそれだったら、この会社のサイトをあけたら、「お届け物は、今、二階の階段を上り終わったところです」とか、「今、三階の踊り場で息をついています」とかいう情報が出るのか、と役にも立たない考えが浮かんでは消え、浮かんでは消え。あの足音では、運び主は脚に怪我をしているに違いないし、怪我をしている人が配達しなければならない理由は、どのサイトをあけたら出ているのかと、痛む腰を撫でながら待つばかり。少しでも動くと、ビビと痛みが走り、ぎっくり腰は怪我でも病気でもない境界の痛み。大声で、あとどのくらい時間がかかるのですか、と訊いてみたい衝動に駆られるけれど、そんなことを訊く方が野暮。こちらのが早い、こちらのが安い、と言われ続けて引っ張り回され、わけもわからずに待ちわびることが増え、ああ、いつになったら、あの男はわたしの顔をここに届けてくれるのか、届いた時にその顔がどんな風になっているのか見当もつかないまま、顔を剝ぎとられたまま、ただただ待つしかなく、待つということがあまりにも胸を圧迫し始めると、目の前が空白になって気絶してしまいそうな、窓ガラスを拳骨で割ってしまいたくなるような。

その時やっと配達人が視界に現れ、それはショルダーバッグを斜めにかけて松葉杖をついた痩せた七十代の男性で、顔を見た瞬間、知っている人だ、と思ったのに、制服風の灰色の上着を見ると、知らない人だという気がして。その人は左脚が動かないのか、それとも義足なのか、松葉杖で身体を支えて、右脚を一段上に乗せると、杖を上の段に移動させて、左脚を重そうに注意深くひきあげ、その度に額から噴き出した汗がバラバラ落ち、わたしは思わず「ああ、おっしゃってくだされば下までわたしが取りに行ったのに」と叫んでしまったが、実際はそれができなかったことを思い出して、「でも、ぎっくり腰で、だめだったんです。どうしても無理だったんです」と大げさな口調で言い訳してしまうが、男はわたしの言うことには全く反応を見せず、歯をくいしばって、すぐ目の前まで上って来て、松葉杖を壁に立てかけると、わたしに封筒を突き出し、わたしは言葉を無視されたことにむっとして、「どうして脚が悪いのに、よりによってこんな仕事を引き受けたんです。だいたい何時だと思っているんです。労働組合は何て言っているんです」と非難しそうになって、はっとして言葉をのみこんだが、声には出さなくても向こうには聞こえてしまったようで、「そのご質問にはもうイチョウの木の下でお答えしました」とそっけない答え。男は松葉杖を手に取ると、背中を向けて、今のぼってきたばかりの階段をまた一段一段、降りていった。

解説

岩川ありさ

二〇一五年、多和田葉子は、「変身」という日本語訳で広く読まれてきたフランツ・カフカの小説*Die Verwandlung*（一九一二年）に、「かわりみ」というルビをふった新訳を含む『ポケットマスターピース01　カフカ』（集英社文庫ヘリテージシリーズ）を編んだ。その解説にあたる「カフカ重ね書き」の中で、多和田は、精神分析の先駆者、ジグムント・フロイトの「マジック・メモ（ドイツ語ではWunderblock）」という概念を紹介している。「タブレット端末」のディスプレイを凝視していても、その向こうに別のデータが透けて見えることは決してないが、フロイトの「マジック・メモ」の場合、ボードの上にシートを重ねて何かを書いてからシートをめくれば、いったん、消えたように見えても、透かしてみれば、「文字の圧力でできた微かな痕跡」が残り、ボードに線が刻まれるという。フロイトがいうような「マジック・メモ」には幾筋もの線が浮かびあがり、読書の記憶も、「重層構造」を持つことになる。一度、書きつけられた線が織りなす像は、もう一度、読みなおしてみることによって、別の像として重ね読みされる。

本書『穴あきエフの初恋祭り』には、二〇〇九年から二〇一八年にかけて、「文學界」に発表された七篇の小説が収められている。長い期間を経て生まれた短篇集は、それぞれの人生の段階や社会状況の変化の中で、かつての読書で結んだ像とは異なる像を新たに刻んでゆく。カフカの小説がそうであるように、『穴あきエフの初恋祭り』に収録された小説も、重層的な読書経験をくれる。それだけではなく、近年、多和田葉子の文学について書かれた多くの批評や研究を重ね読みすることによっても、『穴あきエフの初恋祭り』はさらに豊かさを増してくるだろう。

『穴あきエフの初恋祭り』の単行本から文庫化されるまでの三年ほどの間にも、英語での論集*Tawada Yōko : On Writing and Rewriting*（ダグ・スレイメーカー編、レキシントンブックス、二〇二〇年）、震災後文学の視点から多和田作品について論じた論文が多く収められた『世界文学としての〈震災後文学〉』（木村朗子・アンヌ・バヤール＝坂井編著、明石書店、二〇二一年）、多和田の文学について縦横無尽に思考をめぐらせた室井光広の『多和田葉子ノート』（双子のライオン堂、二〇二〇年）などが刊行されている。また、劇作家ハイナー・ミュラーについて書いた多和田の修士論文「ハムレットマシーン（と）の〈読みの旅〉――ハイナー・ミュラーにおける間テクスト性と〈再読行為〉」の日本語訳が収録された論集『多和田葉子／ハイナー・ミュラー――演劇表象の現場』（谷川道子・山口裕之・小松原由理編、東京外国語大学出版会、二〇二〇年）や『多和田葉子の〈演劇〉を読む——切り拓かれる未踏の地平』（谷川道子・谷口幸代編、論創社、二〇二一年）が刊行され、「演劇人としての多和田葉子」にも、光があてられている。『穴あきエフの初恋祭り』に収録された小説を初出で読んだ人も、単行本で読んだ人も、改めて文庫版を重ね読みしてほしい。そこに重ね書きされた像は思いもよらない模様になるかもしれない。

「胡蝶、カリフォルニアに舞う」（初出「文學界」二〇一八年七月号）は縦書きで書かれることが「慣例」となっている日本語の近現代文学を問う小説である。一〇年のあいだ、アメリカに留学した後、日本での就職面接のために帰国した「I」と、空港に迎えにきてくれた「優子」を軸にした小説は、「Iは優子のマンションで目を覚ました」という一文からはじまる。縦書きの小説の読み方に慣れている読者は、「I」を誰かの名前の頭文字だと思いながら、読みはじめるだろう。しかし、就職面接にむかう電車に乗っていた「I」は、「複数の線路」の「交差」に差しかかったとき、どの進路を選べばいいか迷う。英語と日本語の「複数の線路」の「交差」を思わせるこの場面の後で、「英語ならIも一人称になるかもしれないが、中央線の中ではそれはただの頭文字に過ぎない」と書かれている。読者は、この瞬間、日本語の縦書きという慣習にしたがって読み進めてきた自らの読み方に転換を迫られる。英語の一人称代名詞としては認識されなかった「I」は、頭文字「I」と一人称代名詞「I」の両方の意味内容を担うことになる。

りにされる。だが、ふたつの言語を切り換えることは簡単にはできず、「正面衝突」したり、「脱線」するかもしれない危険に「I」はさらされている。また、この場面で、「そもそも日本語で思考する時さえ、自分自身のことをIという三人称で呼ぶIは、自分から逃げているのだ」と書かれている点も見逃せない。「その日、わたしはあなたに永遠の乗車券を贈り、その代わり、自分を自分と思うふてぶてしさを買いとって、「わたし」となった。あなたはもう、自らを「わたし」と呼ぶことはなくなり、いつも、「あなた」である。その日以来、あなたは、描かれる対象として、二人称で列車に乗り続けるしかなくなってしまった」という『容疑者の夜行列車』（青土社、二〇〇二年）の一節を思い出せば、「I」は頭文字になることで、「主体」となることを回避しようとしているともいえる。一方で、「I」の物語に乗せられないでいるのが「優子」だ。「優子のゆ」を「英語のユーかも知れないね。君のこと、ユーって呼んだらおかしいかな」と「I」がいうと、「優子」は、きっぱりと、「おかしいわよ」と答える。言語という虚構の列車、そして、その言語によってつくられた物語に乗るか、乗れるか、乗らないか。「胡蝶、カリフォルニアに舞う」は、言語によって対象化することでしか、自らについて把握できない「I」が、頭文字「I」として「主体」になることを迂回し、その後、「I」という、性別を持たない一人称代名詞によって女性へと変身してゆく変身物語でもある。日本語の一人称代名詞のジェンダー規範の強さを「I」という英語の一人称代名詞が解きほぐす。

「文通」（初出「文學界」二〇一八年一月号）は、作家、翻訳家の谷崎由依の書評「不在の穴を駆け抜ける」（『群像』二〇一八年一二月号）で指摘されているとおり、「源氏物語」の「宇治十帖」と重ねたくなる小説。しかし、「源氏物語」の登場人物である「浮舟」という名前は、「文通」では、浮子と舟子に分裂している。谷崎が書評で、「「浮舟」を連想する人物名だが、王朝時代の貴族よろしく交わす浮子との手紙は、恋文というよりむしろ恋愛を成就させせないための文」であり、「ロマンスではなくその解体」を目論んでいると書いているが、うなずける。四一歳の誕生日が迫った頃、高校の同窓会が開催されることを知った陽太は小説を書く仕事をして生計を立てている人物。「源氏物語」の薫と匂宮は嗅覚にまつわる名前を持っているが、陽太は光や暖かさと結びつく名前であり、感覚が互換されている。通信手段が増える時代において、メールアドレスを公開していない陽太は、同窓会の知らせも、「葉書ルート」で受けとる。同窓会が開かれる日になると、現在の恋人である舟子との通信に用いている携帯電話の調子が悪くなり、「手書きのアドレス帳」に書いていた電話番号に電話をかけても、「この電話番号は現在使われていません」という機械の声。英文学者、評論家の武田将明が、「手紙や郵便という旧来の通信手段を登場させ、誤配に可能性を見出している」（「〝言葉〟によって世界に〝穴〟を穿つ七つの短篇集」「週刊新潮」二〇一八年一一月二九日号https://www.bookbang.jp/review/article/561081）と指摘するように、「文通」では、確かに「誤配」が起こっている。また、「文通」は、名前をめぐる小説でもある。特に、女性たちの名字。「源氏物語」の時代には、「女君」、「姫君」、「〇〇の娘」といった抽象化された存在だった女性たち。しかし、二〇二一年の現在においても、結婚するとき、ひとつの名字しか選べず、別姓が選べない状態は続いている。陽太が浮子に手紙を送るとき、「四文字の漢字」、つまり、明かされてはいない名字の存在が示唆される。陽太は名字と名の統合によってはじめて、浮子の姿の総体を見た気になるが、あくまでも、それは言葉でしか結ばれない像であることも示されている。「文通」は、浮子との手紙のやりとりが途切れるまでの出来事が、実は、「全国学生小説コンクールの恋愛小説部門」の「佳作」に入選した「小説」だったことが明かされて終わるが、現実と虚構の境目がわからなくなり、登場人物たちの言語交通回路では、「誤配」が起こりつづける。

「鼻の虫」（初出「文學界」二〇一二年二月号）は、新型コロナウィルス感染症拡大のさなかにある二〇二一年に読み返すと、それまでとは異なる印象を抱く小説。ドレスデンの衛生博物館で、「体の中の異物」という展示が行われる。それを見て以来、鼻の中にいるという寄生虫「鼻の虫」に興味を惹かれた語り手の「わたし」は、携帯電話を梱包する工場の課長として、安全を管理する仕事をしている。職場のひとつである包装部をはじめ、「わたし」が住む海辺の町は生物の影が見えない無機質な場所。「わたし」は、そこで、「鼻の虫」のことを思い出す。生きものの気配が消えてしまったかのような街に住む中で、「一度彼岸花を眼にしてしまったら、夢幻に墓場を訪れる度にその花を無視することができないのと同じで、一度博物館に足を踏み入れた者はもう眼には見えない寄生虫を見て見ぬふりをすることはできない」という、「わたし」の言葉は重みを持っている。もちろん、寄生虫である「鼻の虫」と新型コロナウィルスを同一視することはできないし、新型コロナウィルス感染症拡大は、政府の対応、国際協調、科学的知見への信頼、人権や個人の私権の尊重といった要素と切り離すことができない問題だ。それでも、新型コロナウィルスによって、人間が「異物」というべきものたちとともに生きていたことが浮き彫りになったことは確かだろう。多和田は、二〇二〇年一〇月に開催された「朝日地球会議2020」で、生命誌研究者の中村桂子とオンラインで対談し、「つねに人間が住んでいる文化、文明というのが危機なのであるということを自覚して、それを忘れないで、それについて考えつづけることを可能にしてくれるのが文化」であると話した。新型コロナウィルス感染症拡大で、多くの人々が亡くなり、日々の生活が立ち行かなくなった人々もたくさんいる。便利さを求めるあまり過酷な労働環境をつくりだし、社会福祉や医療の予算を削り、新自由主義の経済体制へと舵を切ってきた政治そのものが問われているといえるだろう。「鼻の虫」の最後の方で、「甘い蜜のにおいのする植物に囲まれて眼を閉じて深く息を吸う。ああ、この香りは、どこかにもう一つの魂が存在している、そういう香りだ」という言葉がある。決して、楽観はできないが、それでも、「見て見ぬふりをすることはできない」無数のものたちと共に生きてゆくための社会や環境のつくり方を考えてゆくことはできるだろう。現状を包み隠さず明らかにする言葉、そして、社会や環境のあり方を話すための言葉が求められている。

「ミス転換の不思議な赤」（初出「文學界」二〇一四年三月号）を読むために、一九九九年に東京外国語大学で行われた国際シンポジウムでの多和田の言葉を参照したい。多和田は、「『言語』の二一世紀を問う」と題されたシンポジウムの報告の中で、「文字を聞くというのは、文字を見えなくしてしまうような聞き方をするのではなくて、逆に文字の身体を耳でとらえる聞き方のことです」（「文字を聞く」『境界の「言語」――地球化／地域化のダイナミクス』荒このみ・谷川道子編著、新曜社、二〇〇〇年、一一二頁）と述べている。そして、「同音異義語」について触れて、「ワープロが普及したおかげで、いろいろ変換ミスが起こり、これまで気がつかなかったことに、いろいろ気がつくようになりました。コンピューターのよいところは、なかなか人間には真似のできないような面白いミスをすることで、そのミスによって、言葉の隠された可能性が見えてくることです。これが最新技術のもたらす変化の中で一番意義のある面かもしれません。もちろん、新しい可能性に気がつくのは機械ではなくて人間のほうなので、ハイテクの世界でこそ、わたしたちはどんなポエティックなチャンスも見逃さないように、たえず耳を傾け、目を大きく開けていなければいけません」(同書一一八頁) と指摘している。ここで追究されている「同音異義語」の「変換ミス」こそ、「ミス転換の不思議な赤」の肝になる部分だ。「脳」の「司令局」という言葉の連なりは、「脳の死霊曲」となり、「魂」という言葉は「玉Cさん」と変換される。だが、「ミス転換の不思議な赤」は、多和田がこれまでにも追究してきた「魂」と「身体」をめぐる問題がさらに前景化した小説のように思えてならない。近代の科学では、身体のあり方を、脳や神経系、筋肉の動きなど、医学的な言葉によって表現することが多い。しかし、それだけでは説明がつかない「魂」の問題について考えずにはいられない。自分の中にあるようでいて、生きている間にも、「離魂」することがある「玉Cさん」。同じ美術部員ではあるが、登場人物の緋《ひ》雁《かり》と語り手の「わたし」の間に成立していたのは、他者の内面をのぞくこともできず、他者になることができないという、交換不可能な二者の関係である。しかし、不意の出来事によって、緋雁の「魂」が身体から離れてゆく場面に遭遇した「わたし」は、緋雁のうちにあった「魂」が外在化する場面に出会ったことになる。倒れた緋雁の眼鏡を拾った「わたし」は、緋雁の身体の内側にあった「血」にも触れる。交換不可能な「わたし」と緋雁のあいだで、「魂」と「身体」のうちとそとが反転して滲み出し、「脳」の中の現象としてだけでは説明できない「魂」の存在が外在化する。言語によって知ることができるのはどこまでなのか。世界そのものに触れることはできるのか。「ミス転換の不思議な赤」にはその問いが鮮烈に描かれている。

「穴あきエフの初恋祭り」（初出「文學界」二〇一一年一月号）は、魚籠透《ビクトル》、那谷紗《ナターシャ》、「わたし」の〝三人関係〟が魅力的な小説。キエフを舞台にして、古い街並みを取り壊し、新しいマンションやビルを建設する会社に抵抗するため、言葉遊びやユーモアが政治運動と結びついて活性化する様子が描かれる。二〇一四年に、下北沢の本屋B&Bで、多和田と、「朗読、笑い、お話――反対運動におけるユーモアの住処としての身体と言語」という催しをしたことがある。そのときに、多和田の文学における「反対運動」を探してみたところ、『ヒナギクのお茶の場合』に収録されている「雲を拾う女」では、「同性カップルの税金の額を、既婚者と同じ額に下げろって言うデモ」が起こっていた。エッセイ集『溶ける街 透ける路』（日本経済新聞出版社、二〇〇七年）では、奴隷解放運動や女性解放運動の先駆けとなったイサカというアメリカの町のことや、エストニアのタリンで、政治体制が資本主義へと転換するのにともなって、喫茶店の前の広場が駐車場に変えられたのに対して行われる駐車場反対運動が描かれており、多和田文学には、案外、反対運動やデモが多く顔を出している。そのときに重要になるのが、言葉遊びやユーモアによって既存の価値観を揺さぶるような笑いの存在だ。シアターX《カイ》でのレパートリー劇場公演やドイツ文学者の松永美穂がコーディネートしてきた早稲田大学での公演&ワークショップで、多和田とともに言葉と音楽のコラボレーションを行っているピアニストの高瀬アキは、エッセイの中で次のように書く。

笑う、戯れるということは単なる表面的な可笑しさからだけ生まれるわけではない。

そしてユーモアには多くの想像力や表現能力も必要だ。何か常識という枠を超えた中にふと浮かび上がって来た時の笑いが私には面白い。(『多和田葉子の〈演劇〉を読む』一五〇頁)

高瀬が書くように想像力と表現によって常識の枠を壊すようなユーモアこそ、「穴あきエフの初恋祭り」をはじめとする多和田の小説の特徴の一つであり、政治運動と言葉遊びはお互いを活性化させる。

「てんてんはんそく」(初出「文學界」二〇一〇年二月号)には、「照子(=テルコ)」、「青江(=アオエ)」、「アリス」という三人の登場人物が出てくる。二〇一八年に京都造形芸術大学(現・京都芸術大学)で行われた「朗読と講演」(聞き手・森山直人、http://realkyoto.jp/article/tawada_moriyama/)の中で多和田が明かしているように、三人の名前は、ドイツの電話会社テレコム、大手インターネットサービス会社AOL(ドイツ語読みで「アー・オー・エル」)、そして、もう潰れてしまったという電話会社「アリス」に対応している。一種の擬人化小説だが、通信速度が加速し、通信会社の競争が激化する時代において、強迫的(あるいは脅迫的?)なまでの「販促《はんそく》」が行われる様子は切実だ。しかし、離れているからこそ、魂が身体を離れてしまうほどにあくがれることも起こるのだろう。「こがれる、あこがれる、遠くを思うとたまらなく息が苦しくなる。届かないものに語りかけ、ふりむいてほしいとひたすら願う」という輾転反側《てんてんはんそく》(眠れないで寝返りをうってばかりいる状態)は、そういうときにこそ起こる。

「おと・どけ・もの」(初出「文學界」二〇〇九年一月号)は、まさに、物流や労働環境が大きく変化し、人々がその流れに飲み込まれている時代の文学。しかし、不思議なほど、坪内逍遥や二葉亭四迷らが翻訳文学をとおして近代の日本文学をつくった時代を思い起こさせる文体。体言や連用形や助詞でとめる文章の連続は、一〇〇年以上前の文学世界から届いた「おと・どけ・もの」のよう。「世の中ではどんどん単語が死んでいくけれども、小説というのはそう早く書けるものではない」という言葉は、まるで、この小説そのものについてあらわしているようだ。二〇〇九年から届いた「おと・どけ・もの」。

多和田葉子は、「文學界」二〇二一年二月号に、「陰謀説と天狗熱」という短編小説を発表した。この短編小説も、未来において、短篇集に収められて届けられるだろうか。

まだまだ先が見えない状況は続きそうだが、穴のむこうに見える未来の頭文字はエフだ。「穴あきエフ」にどんな未来を見出すのかは私たちにかかっている。決して、未来のその手を離さないようにしなければならない。

（早稲田大学文学学術院准教授）

初出

胡蝶、カリフォルニアに舞う　「文學界」二〇一八年七月号
文通　「文學界」二〇一八年一月号
鼻の虫　「文學界」二〇一二年二月号
ミス転換の不思議な赤　「文學界」二〇一四年三月号
穴あきエフの初恋祭り　「文學界」二〇一一年一月号
てんてんはんそく　「文學界」二〇一〇年二月号
おと・どけ・もの　「文學界」二〇〇九年一月号

単行本

二〇一八年一〇月　文藝春秋刊

文春文庫

穴《あな》あきエフの初恋祭《はつこいまつ》り

定価はカバーに表示してあります

2021年7月10日　第1刷

著者　多和田葉子《たわだようこ》
発行者　花田朋子
発行所　株式会社　文藝春秋

東京都千代田区紀尾井町 3-23　〒102-8008
TEL　03・3265・1211㈹
文藝春秋ホームページ　http://www.bunshun.co.jp

落丁、乱丁本は、お手数ですが小社製作部宛お送り下さい。送料小社負担でお取替致します。

印刷・大日本印刷　製本・加藤製本

Printed in Japan
ISBN978-4-16-791723-4

（　）内は解説者。品切の節はご容赦下さい。

石田衣良
うつくしい子ども
九歳の少女が殺された。犯人は僕の弟！　なぜ、殺したんだろう。十三歳の弟の心の深部と真実を求め、兄は調査を始める。少年の孤独な闘いと成長を描く感動のミステリー。（村上貴史）
い-47-2

絲山《いとやま》秋子
沖で待つ
同期入社の太っちゃんが死んだ。私は約束を果たすべく、彼の部屋にしのびこむ。恋愛ではない男女の友情と信頼を描く芥川賞受賞の表題作。「勤労感謝の日」ほか一篇を併録。（夏川けい子）
い-62-2

絲山秋子
離陸
矢木沢ダムに出向中の佐藤弘の元へ見知らぬ黒人が訪れる。「女優の行方を探してほしい」。昔の恋人を追って弘の運命は意外な方向へ——。静かな祈りに満ちた傑作長編。（池澤夏樹）
い-62-3

いしいしんじ
悪声
「ええ声」を持つ赤ん坊〈なにか〉はいかにして「悪声」となったのか。ほとばしるイメージ、疾走するストーリー。五感を総動員して描かれた、河合隼雄物語賞受賞作。（養老孟司）
い-84-2

岩井俊二
番犬は庭を守る
原発が爆発し臨界状態となった国で生れたウマソー。成長しても生殖器が大きくならない彼に次々襲いかかる不運、悲劇、やがて見出す希望の光。無類に面白い傑作長篇。（金原瑞人）
い-103-3

内田春菊
ファザーファッカー
十五歳のとき、私は娼婦だったのだ。売春宿のおかみは私の実母で、ただ一人の客は私の育ての父……養父との関係に苦しむ少女の怒りと哀しみと性を淡々と綴る自伝的小説。（斎藤　学）
う-6-16

江國香織
赤い長靴
二人なのに一人ぼっち。江國マジックが描き尽くす結婚という不思議な風景。何かが起こる予感をはらみつつ、怖いほど美しい十四の物語が展開する。絶品の連作短篇小説集。（青木淳悟）
え-10-1

江國香織・小川洋子・川上弘美・桐野夏生
小池真理子・髙樹のぶ子・髙村　薫・林　真理子

甘い罠

8つの短篇小説集

江國香織、小川洋子、川上弘美、桐野夏生、小池真理子、髙樹のぶ子、髙村薫、林真理子という当代一の作家たちの逸品だけを収めたアンソロジー。とてつもなく甘美で、けっこう怖い。

え-10-2

円城　塔

プロローグ

わたしは次第に存在していく——語り手と登場人物が話し合い、名前が決められ世界が作られ、プログラムに沿って物語が始まる。知的なたくらみに満ちた著者初の「私小説」。（佐々木　敦）

え-12-2

小川洋子

妊娠カレンダー

姉が出産する病院は、神秘的な器具に満ちた不思議の国……妊娠をきっかけにゆらぐ現実を描く芥川賞受賞作。「妊娠カレンダー」「ドミトリイ」「夕暮れの給食室と雨のプール」。（松村栄子）

お-17-1

小川洋子

やさしい訴え

夫から逃れ、山あいの別荘に隠れ住む「わたし」とチェンバロ作りの男、その女弟子。心地よく、ときに残酷な三人の物語の行き着く先は？　揺らぐ心を描いた傑作小説。（青柳いづみこ）

お-17-2

小川洋子

猫を抱いて象と泳ぐ

伝説のチェスプレーヤー、リトル・アリョーヒン。彼はいつしか「盤下の詩人」として奇跡のように美しい棋譜を生み出す。静謐にして愛おしい、宝物のような傑作長篇小説。（山﨑　努）

お-17-3

乙川優三郎

太陽は気を失う

福島の実家を訪れた私はあの日、わずかの差で津波に呑まれていたかも——。震災に遭遇した女性を描く表題作など、ままならぬ人生を直視する人々を切り取った短篇集。（江南亜美子）

お-27-5

荻原　浩

ちょいな人々

「カジュアル・フライデー」に翻弄される課長の悲喜劇を描く表題作ほか、少しおっちょこちょいでも愛すべき、ブームに翻弄される人々がオンパレードの抱腹絶倒の短篇集。（辛酸なめ子）

お-56-1

（　）内は解説者。品切の節はご容赦下さい。

ひまわり事件
荻原　浩

幼稚園児と老人がタッグを組んで、闘う相手は？　隣接する老人ホーム「ひまわり苑」と「ひまわり幼稚園」の交流を大人の事情が邪魔するが。勇気あふれる熱血幼老物語！（西上心太）

お-56-2

あなたの本当の人生は
大島真寿美

書けない老作家、代りに書く秘書、その作家に弟子入りした新人。「書くこと」に囚われた三人の女性の奇妙な生活は思わぬ方向に。不思議な熱と光に満ちた前代未聞の傑作。（角田光代）

お-73-1

祐介・字慰
尾崎世界観

クリープハイプ尾崎世界観、慟哭の初小説！　売れないバンドマンが恋をしたのはピンサロ嬢——。「尾崎祐介」が「尾崎世界観」になるまで。書下ろし短篇「字慰」を収録。（村田沙耶香）

お-76-1

珠玉
開高　健

海の色、血の色、月の色——三つの宝石に托された三つの物語。作家の絶筆は、深々とした肉声と神秘的なまでの澄明さにみちている。『掌《て》のなかの海』『玩物喪志』『一滴の光』収録。（佐伯彰一）

か-1-11

ロマネ・コンティ・一九三五年
六つの短篇小説
開高　健

酒、食、阿片、釣魚などをテーマに、その豊饒から悲惨までを描きつくした名短篇集は、作家の没後20年を超えて、なお輝きを失わない。川端康成文学賞受賞の「玉、砕ける」他全6篇。（高橋英夫）

か-1-12

真鶴
川上弘美

12年前に夫の礼は、「真鶴」という言葉を日記に残し失踪した。京は母親、一人娘と暮らしを営む。不在の夫に思いを馳せつつ恋人と逢瀬を重ねる京は、東京と真鶴の間を往還する。（三浦雅士）

か-21-6

水声
川上弘美

亡くなったママが夢に現れるようになったのは、都が弟の陵と暮らしはじめてからだった——。愛と人生の最も謎めいた部分に迫る静謐な長編。読売文学賞受賞作。（江國香織）

か-21-8

川上弘美
このあたりの人たち
そこは〈このあたり〉と呼ばれる町。現代文学を牽引する作家が丹精こめて創りあげた不穏で温かな場所。どこにでもあるようでどこにもない〈このあたり〉へようこそ。（古川日出男）
か-21-9

川端裕人
夏のロケット
元火星マニアの新聞記者がミサイル爆発事件を追ううち遭遇する高校天文部の仲間。秘密の町工場で彼らは何をしているのか。ライトミステリーで描かれた大人の冒険小説。（小谷真理）
か-28-1

川端裕人
声のお仕事
目立った実績もない崖っぷち声優の勇樹は人気野球アニメのオーディションに挑むも、射止めたのは犬の役。だがそこから自らの信念「声で世界を変える」べく奮闘する。（池澤春菜）
か-28-4

角田光代
空中庭園
京橋家のモットーは「何ごともつつみかくさず」……普通の家族の表と裏、光と影を描いた連作家族小説。第三回婦人公論文芸賞受賞、小泉今日子主演で映画化された話題作。（石田衣良）
か-32-3

角田光代
空の拳（上下）
雑誌「ザ・拳」に配属された空也。通いだしたジムで、天涯孤独で少年院帰りというタイガー立花と出会い、ボクシングの魅力にとらわれていく。爽快な青春スポーツ小説。（対談・沢木耕太郎）
か-32-12

勝谷誠彦
ディアスポラ
〝事故〟で国土が居住不能となり、世界中の難民キャンプで暮らす日本人。情報から隔絶され将来への希望も見いだせぬまま懸命に「日本人として」生きようとするが……。（百田尚樹）
か-47-2

海堂　尊
ゲバラ覚醒
ポーラースター1
アルゼンチンの医学生エルネストは親友ピョートルと南米縦断のバイク旅行へ。様々な経験をしながら成長していく将来の革命家の原点を描いた著者渾身のシリーズ、青春編が開幕！
か-50-2

（　）内は解説者。品切の節はご容赦下さい。

海堂　尊
ゲバラ漂流
ポーラースター2
母国アルゼンチンで医師免許を取得したエルネストは新たな中南米への旅へ。大物らとも遭遇しつつ、アメリカに蹂躙される国々を目の当たりにして、武装革命家を目指す。（八木啓代）
か-50-3

海堂　尊
フィデル誕生
ポーラースター3
十九世紀末、キューバ独立をめぐる米西戦争でスペイン軍の少年兵アンヘルは仲間と脱走。戦後に財を築き誕生した子が〝幼き獅子〟フィデルだった。カストロ父子を描く文庫書下ろし。
か-50-4

川上未映子
乳《ちち》と卵《らん》
娘の緑子を連れて大阪から上京した姉の巻子は、豊胸手術を受けることに取り憑かれている。二人を東京に迎えた「私」の狂おしい三日間を、比類のない痛快な日本語で描いた芥川賞受賞作。
か-51-1

川村元気
四月になれば彼女は
精神科医・藤代に〝天空の鏡〟ウユニ湖から大学時代の恋人の手紙が届いた——失った恋に翻弄される十二か月がはじまる。恋愛なき時代に挑んだ「異形の恋愛小説」。（あさのあつこ）
か-75-3

加藤千恵
アンバランス
夫の性的不能でセックスレスの夫婦。ある日、夫の愛人を名乗る中年女が妻の日奈子を訪れ、決定的な写真を見せる。夫婦関係の崩壊はいつ始まっていたのか。妻は苦悩する。（東　直子）
か-78-1

北村　薫
慶應本科と折口信夫
いとま申して2
昭和四年。慶應予科に通い、さらに本科に進む著者の父は、人生に大きな影響を与える知の巨人——折口信夫と西脇順三郎の謦咳に接し、青春を謳歌する。三部作第二弾。（渡辺　保）
き-17-9

木内　昇《のぼり》
茗荷谷の猫
茗荷谷の家で絵を描きあぐねる主婦。染井吉野を造った植木職人。画期的な黒焼を生み出さんとする若者。幕末から昭和にかけ各々の生を燃焼させた人々の痕跡を掬う名篇9作。（春日武彦）
き-33-1

（　）内は解説者。品切の節はご容赦下さい。

北川悦吏子
半分、青い。（上下）
高度成長期の終わり、同日同病院で生まれた幼なじみの鈴愛と律。夢を抱きバブル真っただ中の東京に出た二人を待ち受けるのは……。心は、空を飛ぶ。時間も距離も越えた真実の物語。
き-42-2

車谷長吉
赤目四十八瀧心中未遂
「私」はアパートの一室でモツを串に刺し続けた。女の背中一面には迦陵頻伽の刺青があった。ある日、女は私の部屋の戸を開けた——。情念を描き切る話題の直木賞受賞作。（川本三郎）
く-19-1

車谷長吉
妖談
作家になることは、人の顰蹙を買うことだった……。〈私小説作家〉と称される著者が、自尊心・虚栄心・劣等感に憑かれた人々を執拗に描き出す、異色の掌編小説集。（三浦雅士）
く-19-9

熊谷達也
調律師
事故で妻を亡くし自身も大けがを負ったのをきっかけに、音を聴くと香りを感じるという共感覚「嗅聴」を獲得した調律師・鳴瀬の、喪失と魂の再生を描く感動の物語。（土方正志）
く-29-5

窪　美澄
さよなら、ニルヴァーナ
少年犯罪の加害者、被害者の母、加害者を崇拝する少女、その運命の環の外に立つ女性作家……各々の人生が交錯した時、何を思い、何を見つけたのか。著者渾身の長編小説！（佐藤　優）
く-39-1

玄侑宗久
中陰の花
自ら最期の日を予言した「おがみや」ウメさんの死をきっかけに、僧侶・則道は〝この世とあの世の中間〟の世界を受け入れていく。芥川賞受賞の表題作に「朝顔の音」併録。（河合隼雄）
け-4-1

小池真理子
沈黙のひと
生き別れだった父が亡くなった。遺された日記には、父の心の叫び——娘への愛、後妻家族との相克、そして秘めたる恋が綴られていた。吉川英治文学賞受賞の傑作長編。（持田叙子）
こ-29-8